Gerwine Ogbuagu
Aminas Welt
Historischer Kriminalroman

Neubearbeitung

Gerwine Ogbuagu

Aminas Welt

Historischer Kriminalroman

Neubearbeitung

*Bibliografische Information der Deutschen National-
bibliothek:
Die Deutsche Nationalbibliothek verzeichnet diese
Publikation in der Deutschen Nationalbibliografie;
detaillierte bibliografische Daten sind im Internet
über http://dnb.dnb.de abrufbar.*

© *2015 Gerwine Ogbuagu*

*Illustration: Cover: Foto und Bearbeitung:
Nkwachukwu Ogbuagu
Herstellung und Verlag: BoD – Books on Demand,
Norderstedt*

ISBN: 978-3-7431-3794-3

MIX
Papier aus verantwortungsvollen Quellen
Paper from responsible sources
FSC® C105338

Teil 1

1620

Hochzeit im Buchenhof 1620

„Danke Herr", Roland verbeugt sich vor dem alten Herrn von Eden, erleichtert ist er, „danke, meine Lotte und ich werden Euch treu dienen und meine Kinder auch."

„Meinen Segen habt ihr", Gerulf von Eden schiebt einen braunen Lederbeutel über den Tisch. „Damit ihr die Wiege schreinern lassen könnt."

Er lächelt, was selten genug bei ihm vorkommt. Er beobachtet Roland, wie seine raue kräftige Hand langsam nach dem Lederbeutel greift. *Hat der Alte doch ein Herz, auch wenn wir es selten spüren. Wie wird meine Lotte sich freuen, wenn das Bett für unser Kleines schon gesichert ist.* Beim Gedanken an Lotte und das Kind wird ihm warm, am liebsten möchte er gleich zu ihr gehen und ihren Körper spüren, wie sie sich an ihn drängt, liebevoll und vertrauend.

„Es wird noch für einige andere Dinge reichen, ihr habt's verdient, Roland, nun geh, lass sie nicht länger warten."

So einen Bauern wie den Roland gibt's auch nicht so oft, auf ihn kann ich mich verlassen, den Zehnten zahlt er pünktlich, auch wenn's ihn hart genug ankommt. Den Segen geb' ich den beiden gern. Er streicht sich über den sorgfältig gestutzten grauen Bart und erhebt sich. Seine Größe ist ungewöhnlich, die Männer der Edens sind alle groß und stark, auch sein Sohn Arnulf kommt nach ihm. *Wenn die Hochzeit vorbei ist, werde ich Arnulf in meine Geschäfte einweihen. Es wird Zeit, dass er eingearbeitet wird. Nur Weiber und Pferde hat er im Kopf, der Junge, den Ernst des Lebens muss er endlich kennenlernen.*

Roland wirft die braunen Haare zurück, verstaut den Lederbeutel mit dem Geld sorgfältig in seiner Hosentasche, da ist es sicher. Noch einmal verbeugt er sich. „Ich erwarte Euch zur Hochzeit am Johannistag, es wird mir eine Ehre sein, Euch meinen Wein zu kredenzen. Der letzte Sommer hat meine Trauben wundervoll durchglüht."

„Bis zum 24. Juni dann, Roland, ich freue mich für dich. Je besser du auf deinem Hof wirtschaftest, umso mehr haben wir alle davon."

Sie verlassen den dunklen getäfelten Raum, treten auf den Gang mit den Ahnenbildern, der zur Diele führt. Hannah klappert mit ihren Holzschuhen aus der Küche, zwinkert mit ihren alten Augen Roland zu. Er nickt und lächelt.

„Grüß mir die Lotte", ruft sie, „sie ist so ein gutes Kind, da hast du Glück, Roland, halte es fest!"

„Ich weiß, Hannah, der Herrgott hat sie mir geschickt, ich werde gut auf sie aufpassen."

Draußen schwingt sich Roland auf den kräftigen Falben. Ihm ist warm unter dem rauen Leinenhemd. Er kann es nicht abwarten, Lotte die gute Nachricht zu überbringen, galoppiert über die Sandstraße, in den Wald hinein, auf den Weg zu seinem Hof. Die Mittagssonne hat schon viel Kraft, jetzt wo die Sonnenwende so kurz bevorsteht. Er hört Pferdegetrappel. *Ist bestimmt der Arnulf mit seinen Freunden, die sich den Tag beim Reiten vertreiben,* geht es Roland durch den Kopf. Vorn an der Biegung sieht er schon die drei, von Eden, von Hirzbach und von Glasenapp, alle gleich nutzlose, faule Gutsbesitzersöhne, die dem lieben Gott den Tag stehlen und das Gut ihrer Väter nicht genug wertschätzen können. Die halten nichts von harter Arbeit. Er lenkt sein Pferd an die Seite, grüßt mit der Hand.

„Na, Roland, wann ist es denn soweit mit der Lotte und dir, bald kommt ja euer Nachwuchs, die Lotte, die Spröde hat dich reingelassen, stimmt´s?", ruft Arnulf ihm gut gelaunt zu. Er kann's nicht lassen mit seinen Anspielungen. Die Lotte, die hat sich ihm immer widersetzt, keine Chance hatte er bei ihr, der schönen rothaarigen Tochter des Schmieds. Roland beißt die Zähne zusammen. *Wenn ich ihm doch sein Maul stopfen könnte, diesem elenden Lump, aber ich muss ruhig bleiben, er wird eines Tages mein Herr sein.*

„Euer Vater hat zugestimmt, Johanni ist die Hochzeit, ihr seid eingeladen."

„Wir kommen, Roland, den Schmaus lassen wir uns nicht entgehen und die schönen Töchter, die uns bedienen, an denen werden unsere Augen sich weiden, und an der Braut erst", fügt er hinzu.

„Lasst meine Lotte aus dem Spiel, Herr Arnulf, Ihr wisst, sie ist keine wie die anderen."

Er drückt die Stiefel in die Flanken des Falben und trabt an. Die Gegenwart dieser Männer jagt ihm jedes Mal einen Schauer über den Rücken, zu gut kennt er sie.

„Der Roland hat seinen Stolz, Arnulf, der hat vergessen, dass die Bauernaufständ' nichts geändert haben. Wir sind die Herren, dem musst du's zeigen", stachelt der Hirzbach ihn an.

„Lass nur, Ferdi, ich weiß schon, wie ich's machen werde, noch hat mein Vater alles in der Hand, bald übergibt er's mir, hat er schon angekündigt."

***

Strahlend ist Johanni gekommen, einen schöneren

Tag als diesen gibt es wohl nicht für eine Hochzeit. Der Krieg hat vor zwei Jahren begonnen, noch darbt die Landbevölkerung nicht merklich. Das wird sich in den nächsten Jahren ändern, heute denkt niemand an das, was kommen wird.

Roland kümmert sich gerade um die Helfer, die die Speisen auftragen sollen. Da kommen sie schon, auf großen Brettern tragen sie Teller mit Grütze und Schüsseln mit Fleisch. Im schattigen Hof lässt es sich gut feiern, und Johanni ist auch noch ausreichend Zeit, die Ernte steht erst noch bevor. Alle feiern an langen Tischen und Bänken, das Gesinde und andere Bauernehepaare aus der Gegend. Die Kinder können nach Herzenslust toben und Schüsseln ausschlecken, ohne dass die Erwachsenen auf sie achten. Gelächter und Trinksprüche schallen weithin, die Gäste schlingen die Grütze hinunter, schneiden die Fleischstücke in mundgerechte Stücke und werfen die Knochen hinter sich. Gleich sind die Hunde da und haben auch was vom Festessen.

Lotte trägt ein hellbraunes Leinenkleid, eine bunte Blumenbordüre schmückt den Ausschnitt, die rundliche Taille wird durch den bauschigen Rock verborgen. Hans und Gustav spielen auf der Fiedel und der Ziehharmonika, fröhliche Klänge tragen zur Feierstimmung bei. Lotte wendet den Kopf, sucht mit den Augen ihren Roland, sie sehnt sich danach, ihn neben sich zu spüren. Wo bleibt er bloß, mein Roland denkt sie. In ihrem Körper spürt sie zarte Stöße. Da, laute Stimmen.

„He, ihr feiert ja schon ausgelassen, auch von uns die herzlichsten Glückwünsche", dröhnt die tiefe Stimme Arnulfs durch den Hof. Er springt ab, wirft einem Knecht die Zügel hin. „Bind ihn an!", ruft er und eilt mit großen Schritten zu den Gästen. Hinter ihm reiten der Hirzbach, der Glasenapp, der Gehlen und der junge

Dietrich von Traben. Sie springen ab, binden die Pferde an die eingemauerten Eisenringe und folgen Arnulf.

„Na, das tut gut, mal so richtig ausgelassen feiern und saufen und fressen, da tun wir gern mit", ruft der Glasenapp und nimmt sich gleich ein großes Stück Ochsenbrust aus der Schüssel. „Ist ja mehr als genug da, der Ochse ist groß und das Schwein ist schon braun."

Er kaut und stürzt einen Becher Wein hinunter. Die Bauern rutschen auf ihren Bänken zur Seite. Das kann nichts Gutes bedeuten, wenn diese Rüpel und Nichtsnutze hier auftauchen, befürchten sie. Jeder kennt die Junker, die sich rücksichtslos überall einmischen und nehmen, was sie kriegen können. Lotte ist dunkelrot und gleich wieder blass geworden. Wo ist Roland bloß, schießt es ihr durch den Kopf.

„Na, Lotte, kannst wohl die Nacht nicht erwarten, bis du mit Roland ohne uns alle sein kannst. Willst du mir nicht ein bisschen Gesellschaft leisten, bis es so weit ist?"

Arnulf tritt zu ihr und hebt ihr Kinn. Küsst sie auf den Mund und greift an ihre Brust. Sie schreckt zurück.

„Nicht so schüchtern, Lotte, bist du doch bei deinem Roland auch nicht, komm. Hast ja dein Tor schon aufgemacht."

Und mit einer Kopfbewegung zu seinen Kumpanen hebt er Lotte hoch. Sie helfen ihm, sie schreit, Hirzbach hält ihr den Mund zu. Alle sind aufgestanden und starren entsetzt auf die Szene. Sie nehmen die strampelnde Lotte, halten ihr Beine und Arme fest, wie im Schraubstock tragen die Männer sie in die Scheune nach hinten zu den Heuballen. Hinter den Heuballen liegt die gelbe Katze mit ihren neugeborenen Jungen. Bastian, Rolands zwölfjähriger Bruder, kniet neben ihnen und beobachtet, wie die Mutter die Kleinen säugt. Er hört, wie die

Männer in die Scheune trampeln mit Lotte in ihrer Gewalt. Er duckt sich noch tiefer, sein Herz klopft, das kann nichts Gutes bedeuten. Sie können ihn nicht sehen, sind auch zu beschäftigt. Glasenapp lässt mit einem Stiefelkick das Tor zufallen.

„So, Lotte, jetzt wirst du mal richtige Männer kennenlernen!", ruft Arnulf. Sie legen sie ins Heu, er schlägt ihren Rock hoch, öffnet seine Hose. Mit dem Knie stößt er ihre Beine auseinander und ruft:

„Ich fang an, dann kommt ihr", nestelt an ihren Unterkleidern, ein scharfer Riss, er legt sich auf sie,

„Hab ich dich doch noch, deine Dornen brech' ich, rothaarige Hexe", und dringt ein.

Jeder kommt dran, Grunzen und Stöhnen wie im Stall erfüllt die Luft, kein Flehen, keine Tränen helfen.

„Dir zeigen wir's, stolze Dirne, wir nehmen uns, was wir brauchen, ihr seid unser!"

Da fliegt das Tor auf. Roland stürzt in die Scheune, schreit verzweifelt:

„Meine Lotte, meine Lotte, was macht Ihr mit ihr und unserem Kind?"

„Weg da, Bauer, aus dem Weg, wir wollen auch die Lotte schmecken, wir sind gleich fertig, später kannst du sie haben."

Mit einem Fausthieb trifft Arnulf Rolands Kopf, der fällt schwer auf den Scheunenboden, gerade dort, wo das spitze Stück Metall aus dem Boden ragt, wo das Tor einrastet. Hirzbach lässt ab von Lotte, sie liegt in ihrem Blut, alle Junker rennen zurück auf den Hof, schwingen sich auf die Pferde und galoppieren davon. Bastian in seinem Versteck hat alles beobachtet, er rennt schreiend auf den Hof, die Gäste strömen zur Scheune, starren auf die immer größer werdende Blutlache neben Rolands Kopf. Lotte liegt leblos im Heu.

1. Kapitel

Hörstein 1632, im Juni

"Gütige Mutter Maria, Gebenedeite, steh mir bei, mein Schicksal zu ertragen. Beschütze meine unschuldige Tochter Anna, überlass uns nicht dem Bösen, fülle wieder Liebe in das Herz meines Gatten Arnulf, leite ihn zu mir. Trotz allem, was er anrichtet, ist er mein Gatte, beschütze mein Herz vor dem Übel. Ich nehme meine Zuflucht zu dir, Mutter Jesu Christi und Jungfrau der Jungfrauen. Amen."

Sie legt ihre Stirn auf die Rückenlehne der vorderen Bank. Ihr Haar hat sich aus dem Knoten gelöst, lange Strähnen hängen über ihren gebeugten Rücken. Sie ist in ihr Gebet vertieft. Kühl fühlt sich das Holz an. Leer ist die kleine Waldkapelle an diesem frühen Morgen. Sie liebt die Stille, das Singen der Vögel draußen. Hier fühlt sie sich geborgen, hier ist ihr Zufluchtsort. Sie hört nicht die Schritte hinter ihr. Sie zuckt zusammen, als sie plötzlich den harten Griff an ihrer Schulter spürt.

„So hab ich dich gefunden, zur Kapelle läufst du mir davon", hört sie die raue Stimme ihres Gatten.

„Im Bett will ich dich finden und nicht hier im Wald, und dann beschwerst du dich, dass ich nicht genug bei dir liege, Weib!"

Kaum bringt sie die Worte heraus, sie zittert:

„Bitte versündige dich nicht, sprich nicht davon an diesem heiligen Ort, ersuch ich dich!", stößt sie hervor, zieht den Umhang fester um die mageren Schultern.

„Papperlapapp, heiliger Ort, unser Ehegemach ist unser heiliger Ort", bricht er in ein lautes heiseres Lachen aus.

„Komm, Weib." Er reißt sie hoch, presst sie an sich, greift an ihre Brüste,

„Du tust mir weh", stöhnt sie.

„Ach was, gleich tut's nicht mehr weh."

Er zwingt sie auf die Bank, stupst sie zurück, schiebt schnell ihren Rock hoch, öffnet seine Hose und kommt schon. Er stößt sie hart, sie fühlt sein Zittern, hört sein Stöhnen, krallt sich an seinem Rücken fest, um nicht von der schmalen Bank zu fallen.

„Ob du's willst oder nicht, du bist mein Weib und hast mir zu Willen zu sein, dass endlich der Sohn kommt, den wir brauchen, da hast du's, das willst du doch, es ist mein Recht, Weib, beschwer dich nicht, die Pfaffen treiben's noch viel mehr und überall."

Er lässt sie los, bindet seine Hose zu, wendet sich ab, verlässt die Kapelle.

Sie bleibt zurück, gedemütigt. *Nun ist meine Zuflucht nicht einmal mehr hier, von meinem eigenen Ehemann geschändet. Ich bin ihm ausgeliefert, was kann ich denn tun gegen diesen Mann?* Sie weint und schluchzt.

Wo kann ich hin, ungestört mit meinem Gott sprechen? Sogar in die Kapelle folgt er mir, um mich zu erschrecken. Wie in Trance richtet sie sich auf, glättet ihre Kleidung, fährt sich durchs Haar, steht dann auf, geht langsam den Seitengang entlang, aus der Kapelle, durch den Wald den Weg zurück zum Haus.

Wenn ich doch endlich einen Sohn empfangen könnte, vielleicht wird er sich dann ändern. Ich werde Martha fragen nach dem Bilsenkraut. Es kann mich betäuben, sodass ich die Schmerzen nicht spüre, wenn er so grob ist, so rücksichtslos.

Wieder weint sie.

Was ist bloß aus mir geworden? Ein willenloses Geschöpf, oh, wäre ich doch ins Kloster gegangen, als ich noch jung war.

Ich werde Martha zu mir rufen lassen, jetzt gleich.

„Gnädige Frau haben mich gerufen?"

Martha macht einen Knicks und bleibt demütig vor Maria von Eden stehen. Ihre Schwangerschaft ist nicht mehr verborgen, unter der Schürze ist die sanfte Wölbung zu sehen. Sie ist ein wenig kurzatmig nach dem Weg vom Buchenhof hierher. Maria blickt prüfend in Marthas blasses Gesicht, leichter Schweiß steht auf ihrer Oberlippe. Ihre Kleidung ist so sauber, ihre Schürze glatt und rein, ihr schönes dunkles Haar geordnet und mit einem Tuch zusammengehalten. Obwohl Maria sich gewöhnlich kaum Gedanken macht um ihre Bediensteten oder diejenigen, die in ihrer Nähe wohnen und arbeiten, nimmt sie doch wahr, wie angestrengt Martha aussieht und so fordert sie sie auf mit den Worten:

„Setz dich, Martha!"

„Danke, gnädige Frau."

Martha sinkt schwer auf den zierlichen Stuhl. Immer ist sie so fleißig und ihrem Mann Bastian treu ergeben. Schwer trägt sie mit an Bastians Schicksal, ohne seinen älteren Bruder und dessen Unterstützung leben und arbeiten zu müssen. Sie war ja noch ein Kind, als das Unglück über Bastians und Lottes Familie kam.

Sie sitzen im Vorzimmer neben dem Salon, die blassblaue Seidentapete schimmert im Licht des Vormittags. Maria hat sich etwas erholt, Martha schaut sie prüfend an. *Sie sieht nicht gut aus, meine Herrin, heute mehr als sonst. Sie ist so blass. Wie unruhig ihre Hände über ihren Rock fahren.*

„Ich brauche wieder von deinem Schlehenwein, den du so gut zubereiten kannst, mein Vorrat ist aufgebraucht. Hast du noch welchen?"

„Ja, gnädige Frau, es sind noch zehn Flaschen davon im Keller. Ist er wieder für Euren Gatten?"

„Das geht dich nichts an. Wir trinken ihn gern, auch unserem Besuch bieten wir ihn immer an. Bring mir die zehn Flaschen und setze neuen an."

„Sehr wohl, gnädige Frau."

„Ich werde Dolf schicken. Er kann die Flaschen abholen. Und, Martha, gib mir auch einen Tiegel mit Lavendel. Ich muss den Tee trinken. Ich hoffe, er schlägt bald an. Du weißt, was ich mir so sehr wünsche."

„Ja, gnädige Frau, wie gern würde ich euer Kind säugen, wenn es endlich kommen könnte."

„Ich weiß, Martha, ich weiß, ich sehne mich danach. Der Herr ist so ungeduldig."

Mitleidig schaut Martha die Herrin an und bekreuzigt sich heimlich. *Die gute Herrin, sie hat keine Ahnung.*

„Und dann noch, Martha", Maria beugt sich vor und flüstert, „hast du noch vom Bilsenkraut?"

„Gnädige Frau …" Martha reißt erschrocken die Augen auf.

„Ich weiß, du kennst dich aus, Martha, ich brauche es, du hast bestimmt einen Vorrat, gib mir etwas".

„Gnädige Frau, es ist gefährlich, man darf nicht zu viel nehmen."

„Ich weiß es, Kräutergrete hat mich eingewiesen. Ich bin eine gute Schülerin, glaub mir, bring es mir, morgen früh, und nur du selbst."

Martha macht einen Knicks.

„Geh jetzt, Martha."

„Sehr wohl, gnädige Frau."

Tief in Gedanken geht Martha zurück. Der Wald ist so licht, mit all dem frischen Grün, so friedlich scheint er.

Warum will die Herrin wohl das Bilsenkraut? Es ist so gefährlich. Kräutergrete hat mich immer gewarnt, es bereitet wunderbare Gefühle, man scheint zu fliegen, aber nur etwas zu viel, dann fliegt man zu weit, auf Nimmerwiederkehr.

Ruhig ist das Haus, als Martha in die Küche tritt. Bastian arbeitet auf dem Acker. Sie geht in den Keller und sucht nach dem Schlehenwein. Da ruht er, wohl verkorkt, ihr liebevoll zubereiteter Wein. Auch die Tiegel mit Lavendel stehen auf dem Kräuterregal daneben. Da, wo sie die Heilkräuter Kamille, Salbei, Spitzwegerich und andere und die Schmalztöpfchen aufbewahrt. Ganz hinten aber, in der Ecke, tief verborgen unter dem Stapel grober Säcke, da stehen kleine Tiegel mit Bilsenkraut, Schlangenwurz, Stechapfel. Von diesen Vorräten weiß nicht mal der Bastian. Sie nimmt zwei Flaschen von dem Schlehenwein, trägt sie nach oben, fünfmal geht sie in den Keller, bis zehn Flaschen auf dem Küchentisch stehen.

Wie gern würde ich der Herrin helfen. Sie ist eine gute Herrin, mit diesem Teufel von Gatten geschlagen. Wie ergeben sie ihm ist, obwohl er sie so quält. Sie hat ja keine Wahl. Sie ist ihm ausgeliefert, so wie alle Frauen hier in der Gegend. Er ist unersättlich, niemand kann ihm Einhalt gebieten. Jeder weiß Bescheid und schweigt.

Sie lässt sich auf die Ofenbank fallen und legt die Hand auf ihren Bauch. *Wenn es doch bald so weit wäre, es ist mein Kind, nur ich kenne es, auch wenn sich Bastian so sehr darauf freut. Er kann es kaum erwarten. Wie das Kind wohl aussehen wird.* Gänsehaut überzieht ihre Arme und ihren Rücken. Sie steht auf und setzt den Kessel aufs Feuer. Ihr ist so kalt. Noch ist es nicht warm, obwohl es schon Juni ist. *Die Schafskälte und dann wird es bestimmt besser. Nur die Geburt, davor habe ich solche Angst. Vielleicht muss ich dann sterben, wie meine Mutter bei meiner Geburt.*

Seitdem die Kräutergrete gestorben ist, wohnt keine kundige Geburtshelferin mehr in ihrer Nähe. Nur die alte Hannah, die im Herrenhaus in der Küche dient, kennt sich aus damit, ein Kind zur Welt zu bringen. Alle anderen geburtskundigen Frauen haben sie zu Tode gebracht, in Hörstein in den Hexenturm gesperrt, gerichtet, dann verbrannt oder ertränkt. So viele waren es, dass im Hörsteiner Turm kein Platz mehr war.

Martha bekreuzigt sich und spricht ein Gebet für ihre Seelen. Keine ist mehr sicher gewesen vor den Verfolgern, besonders vor dem Landbereiter und Centgrafen Paul Eyles.

Und nun, wo ich dran bin, kann ich mich nur auf Hannah verlassen. Zum Glück ist es nicht allzu weit. Bastian kann reiten und sie holen, wenn ich niederkomme.

Martha schaudert, während sie an all die unschuldigen Frauen und schwelenden Scheiterhaufen im Land denkt, die sie selbst gesehen hat. *Wenn man es bedenkt, hat die Kräutergrete noch Glück gehabt, dass sie eines natürlichen Todes gestorben ist, in dem eisigen Winter, an Lungenentzündung. Und nicht als Hexe beschuldigt wurde in diesen bösen Zeiten. Und was ist mit mir? Niemand darf wissen, was ich weiß, und dass ich mich auskenne mit den Pflanzen. Jederzeit kann jemand kommen, mich beschuldigen und holen.*

Das Wasser beginnt zu brodeln. Sie steht auf und wirft eine Handvoll Himbeerblättertee in den Krug, gießt das heiße Wasser auf. *Das wird mir guttun, hoffentlich werden die Wehen mich nicht so quälen.* Draußen hört sie Hufgetrappel, Bastian ist zurück. Schnell richtet sie die Brotzeit für ihn, ein Stück Käse auf dem Holzteller, einen aufgeschnittenen Rettich, frisches braunes Brot, das sie gestern gebacken hat.

2. Kapitel

Aminas Entdeckung

Ihre Schultern schmerzen vom täglichen Tragen der schweren Töpfe in der Küche. Sie fröstelt, obwohl sie gleich nach dem Aufstehen um halb fünf ein buntes Kopftuch über die dunklen Locken geknotet hat. Das graue Wolltuch hat sie fest um ihren dünnen Körper gezogen, sie geht langsam in den harten ungeliebten Holzschuhen über den holprigen Hof zum Stall. Wie ein Riss in einem Vorhang teilt die schmale Mondsichel den bläulichen Himmel des frühen Morgens. Kein Laut ist zu hören. Sie will in die Stallruhe eintauchen, den lauwarmen Milchstrahl in den Eimer strudeln hören, ihren Kopf an Blumes warme Flanke legen. Immer wenn Lina krank ist, muss sie einspringen. Sie hat sich daran gewöhnt, auch noch Magdarbeit zu machen. Sie tut alles ohne Widerspruch, eigentlich hat sie es ja ganz gut in diesem Haus, bei den Edens, wenn nicht die heimtückische Babette im Haus ihr das Leben oft so schwer machen würde. Sie gönnt ihr nichts, schneidet Grimassen, wenn sie kommt, freut sich, wenn Amina hart arbeiten muss und sie selbst Frau von Edens weiches Haar richten darf. Einmal hat sie „Zigeunerin" gezischt, als sie an ihr vorbei das Zimmer verließ. Ständig will sie Amina eins auswischen, sie bei Frau von Eden schlecht machen. Da wollte sie sich bei Frau von Eden über Babette beschweren - die hat abgewinkt und nur gesagt:

„Babette ist nun mal die Erste hier und kennt sich aus. Ich will nichts von eurem Geplänkel hören."

Das hat sie nie vergessen und macht seitdem alles

ohne ein Wörtchen zu verlieren. Hannah tröstet sie oft und steckt ihr etwas zu. Sie muss immer an ihre Mama denken, sie hat solche Sehnsucht nach ihr.

Was man über den Krieg hört, ist beängstigend. Immer wieder kommen Nachrichten über Familien, deren Söhne in den Krieg ziehen müssen. Und das Essen ist jetzt knapp für die Bevölkerung. Auf dem Gut leiden sie noch keine echte Not. Sie wurden auch noch nicht von marodierenden Soldaten Gustav Adolfs aufgesucht, wie es in der Nachbarschaft schon vorgekommen ist. Sie haben Glück gehabt. Immer sind sie wachsam und leben in Angst. Gustav Adolf ist nach Seligenstadt über den Main gekommen. Es wurde erzählt, dass er den Stadtschlüssel an Seligenstadts Bürger zurückgegeben hat. Bei seinem Einzug letztes Jahr übergaben sie ihm den Schlüssel, er händigte ihn wieder aus und zog im November weiter nach Würzburg. Seine Frau Eleonore kam vor ein paar Tagen auf dem Weg nach Nürnberg durch Seligenstadt, sie soll einen tanzenden Affen mitgeführt haben, der wie ein Kapuziner mit einer Mönchskutte bekleidet war und einen Rosenkranz um die Hüften trug. Wenn das kein Hohn auf alles Katholische ist.

Amina stößt die schwere Stalltür auf, sie knarrt wie immer. Blume steht ganz außen, sie ist die erste Kuh. Im Stall daneben kann man durch die offene Tür die Pferdeboxen sehen. Sie streicht Blume ein wenig ums Maul, klopft ihr den Hals, holt den Eimer, setzt sich auf den Schemel. Gerade will sie melken, da bemerkt sie die Unruhe der Tiere. Heute Morgen scheint etwas anders zu sein als sonst. Blume dreht ständig nervös den Kopf hin und her, schlägt mit dem Schwanz aus, reagiert empfindlich auf jede Berührung des Euters. Auch die anderen Tiere im Stall sind ungewohnt beunruhigt, vor allem der Schimmel scharrt ständig mit den Hufen, schlägt sogar manchmal kräftig gegen die Holzwände der Box. Amina dreht sich halb, hinter ihr liegt der Gang zum Pferdestall. Sie hat die ersten beiden Pferdeboxen im Blick. Die zweite Tür steht leicht offen. Seltsam. Der Schimmel blickt sie an, wirft den Kopf hoch und scharrt wieder mit dem Vorderhuf. Eine braune Stiefelspitze aus weichem Leder ragt aus der Tür. *Nur einer trägt solche feinen Stiefel ... der Herr. Der Herr?* Sie schlägt die Hand vor den Mund. *Warum liegt er auf dem Boden?* Wieder nickt der Schimmel, scharrt weiter. Amina erhebt sich halb, richtet sich auf, Schritt für Schritt geht sie zur Pferdebox, so als ob sie gezogen würde. Sie stößt die Tür an, tritt ein, blickt in Arnulfs große, unnatürlich glänzende Augen, hellgrüner Schaum läuft aus seinem Mund und besudelt seine Lederweste. Ihre Hand fährt zur Kehle, die ganz eng geworden ist, als ob sie den Schrei, der herauswill, einsperren wollte. Er will sprechen, sie hört nur ein Gurgeln, sieht die grünen Blasen vor seinem Mund. Gift ist ihr erster Gedanke. Gift? Er will sich aufrichten, nach ihrem Bein greifen, sich festkrallen, hochziehen. Sie weicht zurück. Sein Arm fällt schwer in das Stroh, das Pferd stößt ein Wiehern aus, anders klingt es als das gewohnte Wiehern, schrill und laut. Sie starrt auf den Mann im Stroh, Schweiß rinnt ihr jetzt den Rücken herunter. *Er ist es, Arnulf von Eden, auch ihr Peiniger!* Sein grässlicher Mund klappt auf und zu, bleibt offen stehen, sein Kopf fällt zur Seite, das braune Mal auf seiner linken Wange hebt sich ab von der weißen Haut, die Füße sind zur Seite gefallen. Amina steht da wie festgewachsen. *Warum muss ausgerechnet ich ihn entdecken? Das ist mein Ende in diesem Haus. Was soll ich tun? Ich muss weg, fort von hier. Mich werden sie als Erste verdächtigen, mich, die Fremde, die ich immer bleiben werde. Und wenn es wirklich Gift ist, dann werden sie denken, dass ich die Hand im Spiel habe. Viele wissen, wie lange ich bei Kräutergrete wohnte, bis Gott sie zu sich geholt hat.*

Tief in ihrem Gedächtnis vergrabene Bilder tauchen vor ihrem inneren Auge auf. Ein Mann im Sand, brutal niedergeschlagen vor dem Stallzelt, das rechte Auge zugeschwollen, das Gesicht bis zur Unkenntlichkeit entstellt durch die dunkle offene Mundhöhle, geronnenes Blut auf der blauen Seidenweste. Sie selbst hinten an die dunkle Zeltwand gekauert, unbemerkt von den skrupellosen Mördern ihres Vaters. Die Räuber ziehen ihren Vater weg von der Stelle, schreien sich gegenseitig an:

„Schnell, worauf wartet ihr noch, wollt ihr die ganze Stadt aufwecken, weg von hier, bevor sie uns sehen."

Das war damals in Bukarest, 1628, als sie sechzehn Jahre alt war.

Sie zerrten den schweren Körper mit sich, verschwanden im Wald, hatten Amina nicht entdeckt. Nie hat sie Tiere so furchtbar schreien gehört wie an diesem Morgen. Die Bilder sind nicht verblasst, alles ist, als ob es gestern war. Nie mehr hat sie ihren Vater gesehen, nie erfahren, wo seine letzte Ruhestätte war.

Hier liegt der Herr von Eden, der böse Arnulf, nicht ihr Vater. Die Gedanken rasen durch ihren Kopf, während sie dasteht, die Hände um ihren Körper geschlungen, wie zum Schutz. Ihre Starre löst sich, sie geht ein paar Schritte rückwärts, dreht sich um, rennt zur Tür, hetzt über den großen Hof. *In meine Kammer muss ich und dann fort, einfach fortgehen.* Ein Ruf stoppt sie, es ist Babette, Frau von Edens Kammerfrau. Amina sieht, wie sie im Eingang des Herrenhauses steht, Arme herausfordernd in die Seiten gestützt, den Mund geringschätzig verzogen, so wie sie immer Amina anschaut. Mit ihrer hohen Stimme befiehlt sie:

„Die Herrin ruft nach dir, beeil dich Amina."

Sie zieht eine verächtliche Grimasse, wiederholt:

„Komm schon, du weißt, die Herrin will nicht warten."

Amina folgt Babette ins Herrenhaus, den langen Gang entlang, die Treppe hoch, zu den Schlafgemächern. Babette klopft an, öffnet, macht einen Knicks, schiebt Amina in den Vorraum hinein. Amina nimmt die Melkschürze ab, Stallgeruch passt nicht in das feine Ankleidezimmer der Herrin.

„Lass, Amina!", klingt herrisch Frau von Edens Stimme, „komm rein, ich weiß ja, dass du heute Morgen wieder die Magd vertreten hast. Du bist fleißig, da stört ein wenig Stallgeruch nicht. Im Gegenteil, es zeigt, dass du keine Arbeit scheust. Das habe ich in dem Jahr, seit du bei uns bist, wohl gemerkt."

Sie zögert, fährt dann in bestimmtem Ton fort:

„Trotzdem ist nicht alles so glatt gegangen, wie ich es wünsche in meinem Haus. Amina, du störst hier. In diesen unruhigen Zeiten will ich mich nicht auch noch mit Dienstbotengezänk befassen. Ich höre ja, wie Babette und du zanken. Der Kutscher wird dich zu meiner Schwester nach Gelnhausen bringen. Sie ist schwanger und braucht Hilfe. Also pack deine Sachen. Geh jetzt!"

Sie wendet sich dem Spiegel zu.

„Babette, komm und richte mein Haar, Frau von Glasenapp macht mir nachher die Aufwartung."

Babette tritt hinter sie und beginnt, ihr Haar zu bürsten.

„Au, nicht so fest, gib doch acht!", faucht sie und schlägt nach ihr. Amina ist fassungslos, hat sie richtig gehört? Ja, wieder hört sie Frau von Edens Stimme wie von weither:

"Was stehst du hier noch, mach schon. Je schneller, umso besser. Ich will dir noch eine Ladung Wein für meine Schwester und Stoff mitgeben, das neue Kindchen braucht Kleidung."

Sie blickt in den Spiegel, dreht und wendet den Kopf.

„Gut so, Babette", und vergisst Amina.

Wie betäubt verlässt Amina das Zimmer. Am Ende des Ganges lehnt sie sich gegen die Wand, denkt an den Herrn, der tot im Stall liegt, mit grünem Schaum vor dem Mund. *Ich kann es der Herrin nicht sagen. Sie wird mich nicht mehr zu ihrer Schwester schicken wollen. Abschieben will sie mich, loswerden. Ich bin hier jetzt ein Störenfried geworden. Klar, Babette hat es geschafft, mich bei der Herrin anzuschwärzen. Sie hat ja die älteren Rechte. Nur Anna war immer nett zu mir, hat mich sogar manchmal gegen Babette verteidigt.*

Dann denkt sie an die vielen Male, als der Herr ihr nachgestiegen ist, wenn sie im Garten die Erdbeeren pflückte, seine gierigen Hände auf ihren Brüsten fühlte, oder wenn sie die Leiter am Apfelbaum hochstieg, wie er plötzlich hinter dem Baum hervorkam, sie an den Beinen festhielt und seine Hände an ihnen hochgleiten ließ. Wie oft hat sie sich gewünscht, dass er tot sein möge, nun ist es geschehen.

Ich muss weglaufen. Ich lasse mich nicht in den Turm sperren, in den sie alle Frauen werfen, die sie verdächtigen, die sie Hexen nennen. Ich werde wieder auf der Straße sein, ich werde bestimmt nicht auf den Kutscher warten und in ein fremdes Haus gehen, wo neue Wölfe von Männern auf mich lauern werden. Wenn sie den Herrn finden, werden sie mich gleich verdächtigen. Beeil dich, Amina, geh und packe, dann bist du wieder vogelfrei. Oh, Mama, oh Papa, wenn ihr wüsstet, immer wieder bin ich unterwegs, so wie ihr es wart. Steht mir bei. Ihre Gedanken kreisen wie im Fieber.

Ich kann nach Kahl gehen und dann zum Main, dort die Fähre nach Seligenstadt nehmen. Wenn bloß keine Soldaten unterwegs sind, sonst wird's gefährlich. Die sind jetzt überall. Im Wald kann ich mich verstecken. Wenn ich erst in Seligenstadt bin, kann ich im Kloster anklopfen, da kenne ich die Mönche. Obwohl es heißt, dass nur noch zwei oder drei da sind. Alle andern sind geflohen. Sie werden mich hoffentlich nicht wegschicken, weil ich eine Frau bin. Sie hebt die Hand, schlägt sie leicht gegen die Stirn. Ich verkleide mich als Mann, ja, das werde ich tun, niemand wird mich als Frau erkennen. Oh, und Marco, Marco, ihn muss ich verlassen und werde ihn nie mehr sehen. Ohne Marco, wie kann ich das aushalten?

Marco, mein Halt, meine Liebe, ohne ihn wäre alles noch viel unerträglicher gewesen.

Sie atmet tief, nimmt die Schultern nach hinten, eilt den Gang entlang zur Haustür, betritt den Hof.

Hannah schaut gerade aus der Küchentür, eine graue Zopfkrone umrahmt ihr altes Gesicht, freundlich lächeln blaue Augen aus den Fältchen.

„Amina!", ruft sie, „warum rennst du so? Wohin? Komm, trink was Warmes."

Amina stoppt im Laufen, sie kann nicht einfach so an Hannah vorbeigehen, Hannah, die fast wie eine Mutter für sie ist. Sie findet immer Trost in Hannahs Armen, dort hat sie so oft geweint. Angst schüttelt ihren Körper, Angst, dass die Leute sagen würden, sie hätte es getan, sie hätte ihn vergiftet, sie, die sich auskennt mit

Kräutern. Hannah sieht gleich, dass etwas nicht stimmt, sie führt Amina zur Bank am großen Eichentisch. „Setz dich hin, Kind."

Sie füllt warme Milch aus dem Eisentopf in einen Holzbecher, lässt Honig hineinlaufen, stellt Amina den Becher hin, streicht ihr übers Haar.

„Trink, mein Kind."

Sie setzt sich zu ihr. Amina weint, stockend berichtet sie, was sie gesehen hat.

„Der hat gekriegt, was er verdient, der mit seinem Schandmaul", murmelt Hannah. Sie bekreuzigt sich, nachdem sie die bösen Worte ausgestoßen hat. Amina trinkt langsam die Milch.

„Hannah, ich muss weg, gleich, bevor sie ihn finden", stößt sie hervor.

„Sie werden mich beschuldigen, sie denken doch sowieso, dass ich eine Hexe bin, ich, die Fremde. Die Herrin will mich fortschicken zu ihrer Schwester nach Gelnhausen, das hat sie mir gerade gesagt, da ist es noch schlimmer mit der Hexenjagd. Sie redet zwar, ihre Schwester braucht Hilfe, es ist aber Babette, die mich loswerden will, sie beeinflusst die Herrin. Die hört auf sie, sie hat die älteren Rechte. Von Anfang an konnte sie mich nicht leiden."

Hannah schüttelt den Kopf.

„Kind, Kind, wie leid mir das tut. Du bist mir so ans Herz gewachsen, ich werde dich vermissen. Allein unterwegs, in diesen schrecklichen Zeiten. Warum gehst du nicht zu Frau von Edens Schwester, es ist besser, als allein unterwegs zu sein. Amina, ich kann meines Lebens nicht mehr froh werden, wenn dir etwas geschieht. Du bist mir wie eine Tochter."

„Hannah, nein, ich kann nicht zu der Schwester gehen. Sie ist hochfahrend und böse. Frau von Eden ist nicht böse, sie ist selbst unglücklich und sie ist gleichgültig geworden. Sie betäubt sich. Ich weiß, dass sie Schlehenwein trinkt, weil sie es nicht aushält, wie der Herr sie behandelt. Aber die Schwester, die ist ein Ungeheuer. Da bin ich auch nicht sicher!"

„Ach, Amina, ja, aber du hast wenigstens ein Dach über dem Kopf!"

Sie legt Amina die Hand beschwichtigend auf die Schulter. Sie weiß, wie Recht Amina hat. Die Herrin ist so schwach. Sie ist fast willenlos geworden. Sie zeichnet ein Kreuz auf Aminas Stirn. Amina schluckt heftig.

„Hannah, besser frei als unter einem Dach zu leben, wo ich nicht besser bin als eine Sklavin! Danke, Hannah, du warst immer gut zu mir, du hast mir hier sehr geholfen, seit ich da bin. Ich weiß, du wirst niemandem etwas sagen."

„Gott beschütze dich, mein Kind!"

Hannah umarmt Amina fest, segnet und küsst sie.

Amina löst sich aus der Umarmung, dreht sich zur Tür, verlässt die Küche, eilt über den Hof zu ihrer Kammer.

„Keine Tränen mehr, nur keine Tränen", spricht sie vor sich hin.

4. Kapitel

Aminas Flucht

Sie steigt die enge Treppe zu dem kleinen Verschlag hoch, nicht mehr als das ist ihre Kammer. Dämmrig und karg wie sie ist, war sie doch ihr Zuhause, das sie jetzt verlassen muss. In ihrem Kopf wirbeln die Gedanken. Der Anblick des Herrn im Stall lässt sie nicht los. *Ich muss jetzt alle meine Sinne zusammennehmen, damit ich nichts vergesse. Alles muss schnell gehen, ich darf nicht rasten.*

Sie reißt die Schürze herunter, hängt sie an den Nagel an der Wand. Mit ihrem Messer, noch von ihrer Mutter, schneidet sie ihr langes dunkles Haar bis über die Ohren ab. Die Büschel wird sie später unterwegs vergraben. Niemandem soll ihr Haar in die Hände fallen und damit die Möglichkeit geben, einen Fluch über sie zu bringen. Sie wickelt ein Stück Stoff fest über Brust und Rücken und befestigt es mit der bronzenen Brosche ihrer Mutter, die einer Fibel ähnelt. Über die braune Bauernbluse zieht sie eine graue Filzweste. Den Rock tauscht sie mit der schwarzen Hose, mit der sie herkam. Die Strümpfe rollt sie über ihre schmalen Füße und schlanken Beine. Ihre Stiefel warten im Spind, sie schleudert die plumpen verhassten Holzschuhe von sich, die sind für Bauern, nicht für sie. Die Stiefel sind gerade richtig für den langen Weg, den sie vor sich hat. Sie holt alles aus dem Spind, was sie besitzt, nimmt den braunen Ledersack, die dunkelrote Kappe des Vaters, eine graue Bluse, ein Unterkleid und zwei Bruchen*. In einem Leinensäckchen stecken drei Silbergulden und vier Schillinge, sowie das kleine goldene Kreuz, das sie von ihrer Mutter bekommen hat. Sie hat ihr immer von den wenigen Christen erzählt, zu denen ihre Familie gehörte. *Es war schwer für sie, unter den Türken in Nordafrika zu leben. Sie hatten damals schon die ganze Küste eingenommen.* Es ist eine fein ziselierte Arbeit, ein wunderbares und mit Erinnerungen besetztes Schmuckstück. Es hat sie bis jetzt beschützt und wird es auch weiter tun. Sie küsst es und steckt es tief unten in den Sack. *Meine schöne Mutter. Wie hat sie gelitten. Erst wurde sie von Piraten geraubt und dann geriet das Schiff in einen Sturm, zerschellte und meine Mutter trieb an einen Strand nahe Konstantinopel. Papa fand sie dort. Später haben sie geheiratet und ich kam. Aber Mama hat das kalte Klima in Rumänien nicht ausgehalten und starb an einer Lungenentzündung, sie konnte nicht gerettet werden. Selbst mein Vater, der die Heilkräfte der Roma besaß, war machtlos gegen diese tückische Krankheit. Ach Mama, Mama, sende mir deine Engel,* betet Amina.

Nicht weinen, bloß nicht weinen, spricht sie sich wieder Mut zu. *Die Mönche im Kloster werden mir nichts tun. Auch wenn überall Soldaten sind, Gustav Adolfs Truppen, ich muss es wagen, alles ist besser als der Hexenturm. Auch wenn das Kloster ausgeplündert ist, kann ich mich da vielleicht verstecken, bevor ich weiterziehe. David hat mir doch erzählt, dass noch Novizen im Kloster sind, vielleicht brauchen sie Hilfe in der Wäscherei.*

Das Leinensäckchen mit dem Geld hängt sie sich um und steckt es in die Brustbinde. Und obenauf in den Sack legt sie noch den Holzlöffel. Ein Löffel ist immer gut.

*Unterhosen

Amina nimmt den Ledersack und geht vorsichtig, aber schnell die Treppe hinunter. Sie macht große Schritte über die dritte und sechste Stufe, die knarren immer so. Niemand ist im Haus unterwegs. *Ich muss mich beeilen. Wenn sie merken, dass ich nicht mehr da bin, werden sie nach mir suchen,* denkt sie wieder. *Sie werden mich als Erste verdächtigen. Oh, ich kann nicht in den Hexenturm, sie werden mich foltern, ich halte es nicht aus.* Die Gedanken rasen durch ihren Kopf. Immer wieder denkt sie daran, dass sie sich von Marco trennen muss. *Nur ihm, Hannah und David kann ich hier vertrauen.* Sie nimmt den Weg zum Garten. Im Gartenhaus hat Marco seine Werkstatt, er schläft auch dort. Vorsichtig eilt sie hinter dem Haus entlang, bis sie die Gartenpforte erreicht. Zum Glück wurde sie kürzlich geölt, sie quietscht nicht, als sie sie aufdrückt. Sie schleicht sich mit dem Rücken an der Hecke entlang, klopft an die Tür mit dem verabredeten Zeichen, einmal, dann Pause, dann zweimal. Marco öffnet die Tür, er ist immer früh wach. Er hält einen Pinsel mit roter Farbe in der Hand. Seine graue Hose hat Farbflecken, sein blaues besticktes Hemd auch. Seine zusammengebundenen dunklen Haare glänzen. Als er Amina sieht, strahlen seine Augen, er legt den Pinsel auf die Palette, um sie zu umarmen. Er malt an einem Sonnenaufgang, dem Bild auf seiner Staffelei.

„So früh bist du da, Liebste, komm zu mir."

Amina hält kurz in seiner Umarmung still, stößt dann hervor:

„Marco, ich gehe fort, Frau von Eden will, dass ich bei ihrer Schwester in Gelnhausen Kinderfrau werde. Der Kutscher soll mich später fahren. Ich gehe nicht zu der bösen Schwester, ich warte nicht auf den Kutscher, ich gehe nach Seligenstadt."

„Amina, amore mio, du scherzest, quäle mich nicht,

wo ist dein schönes Haar, was hast du gemacht?"

Sie tritt ein. *Amore mio sagt er*, ihr Herz klopft. *Ach Marco, es wird schwer sein ohne dich, denk nicht dran, Amina, ermahnt sie sich.*

„Es ist kein Scherz, Marco, ich muss fort. Ich bin jetzt Amin, nicht mehr Amina, dann ist es weniger gefährlich für mich mit den Soldaten in der Gegend. In einigen Tagen erkundige dich bitte nach mir in der Abtei in Seligenstadt, bitte stell jetzt keine weiteren Fragen, ich muss mich sputen, bevor es noch später wird."

Marco starrt Amina an. Was sagt sie da?

„Was ist geschehen, sag's mir. Ich komme mit, warte auf mich, ich packe schnell, ich lasse dich nicht allein gehen, unmöglich, im Wald, in diesen Zeiten. Wir gehen zusammen zurück nach Venedig, dort, wo es warm ist und wunderbar. Dort werden wir glücklich sein können."

Er tritt auf sie zu, will sie wieder in seine Arme nehmen.

„Marco, es ist wegen des Herrn, Arnulf, er liegt im Stall, ich glaube, er ist tot. Sie werden mich verdächtigen, weil ich doch bei Kräutergrete wohnte, bis sie starb, bevor ich auf den Hof kam. Er hatte grüne Blasen am Mund, das kann Gift sein. Sie wissen, dass ich mich mit Kräutern auskenne. Sie wollen mich loswerden, darum schickt die Herrin mich weg. Und nun das, ich bin hier nicht sicher."

Marco ist fassungslos, er umarmt sie und presst sie so fest an sich, als ob er sie nie mehr loslassen wollte. Streicht über ihr Gesicht. Küsst ihre Wangen, ihre Augen.

„Du bist keine Giftmörderin", murmelt er in ihr Haar, „niemals." Sie fühlt sich so gut in seinen Armen, so beschützt, nicht allein. *Solche Gedanken dürfen nicht sein, sie schwächen nur meinen Willen, ich muss fort, und schnell. Sonst schaffe ich es nicht.* Sie macht sich los aus der warmen Geborgenheit. Tränen lassen sie nur stockend sprechen:

„Marco, wir können nicht zusammen gehen. Es dauert zu lange, bis du fertig bist und zu zweit fallen wir zu sehr auf. Ich muss jetzt einen Vorsprung gewinnen, bevor sie anfangen, mich zu suchen. Wir werden uns bald wiedersehen, Marco. Ich gebe David eine Botschaft, gleich, wenn ich in Seligenstadt bin, suche ich nach ihm."

„Oh, Bella, wie kann ich dich allein gehen lassen, auch wenn ich weiß, wie tapfer, mutig und stark du bist. Jetzt, wo ich dich endlich gefunden habe. Ich folge dir nach, so schnell ich kann, in ein, zwei Tagen komme ich nach. Dann bist du nicht mehr allein."

Er hält sie fest, sie windet sich aus seiner Umarmung, auch wenn sie sich fühlt, als müsse sie sich auflösen.

„Marco, du kennst sie nicht, die hier herrschen, sie sind herzlos, außer Anna und Hannah. Aber diese beiden können mir nicht helfen. Mach dir keine Sorgen um mich, ich schaffe es, glaub mir."

So warm, so wunderbar ist es in Marcos Umarmung.

„Bitte, mein Liebster, lass mich", sie entwindet sich aus seinen Armen, *so kalt ist es wieder, so kalt.* Marco schaut sie an.

„Amina, glaube an mich, ich folge dir, wir gehören zusammen, meine Liebste."

Marco geht zu seiner Truhe in der Ecke, gibt ihr einen Gürtel. „Denk an mich, Bella".

Er küsst sie, als ob er niemals aufhören wollte.

„Immer, Marco, immer", flüstert sie.

Er legt ihr den braunen Ledergürtel um. Sie zittert so sehr, fühlt Marcos muskulösen Körper.

„Marco", flüstert sie, kaum hörbar, und küsst seine Augen. Sie schluckt die Tränen hinunter, nimmt ihren Sack, umarmt ihn noch mal, dreht sich dann um, tritt aus der Tür und eilt am Haus vorbei zum Ende des Gartens, wo eine kleine geheime Pforte in den Wald führt.

Den Weg nach Seligenstadt werde ich finden, ich bin ihn ja damals öfter mit Kräutergrete gegangen. Ich muss gehen so schnell ich kann, auch wenn der Wald noch so undurchdringlich ist, dann sollte ich es vor der Abenddämmerung schaffen, mich übersetzen zu lassen. Ich darf nicht zurückblicken, vorwärts muss ich gehen.

Sie dreht den rostigen Schlüssel und schlüpft durch die Pforte. Bald umfängt sie der Wald, dicht und grün, schützend und kühl, bedrohlich auch. Sie fröstelt wieder. Der schmale Pfad, den die Holzfäller und Köhler benutzen, ist einsam. Sie sieht weit hinten ein Reh über den Weg huschen. Noch eins taucht auf, aber das ist kein Reh, es ist eine menschliche Gestalt. *Auch das noch*, ihr Herz klopft bis zum Hals. Sie versteckt sich hinter einem dicken Stamm. Die Gestalt kommt näher, es ist David, sie erkennt ihn jetzt. David, der immer so fröhliche junge Mann, Frau von Edens Bücherbote. Sie wartet, bis er nur noch fünfzig Meter entfernt ist, und ruft leise:

„David!"

Er blickt sich suchend nach allen Seiten um, bis sie aus dem Schatten tritt.

„Ich bin es, Amina."

„Hast du mich erschreckt!", ruft er aus. „Bist du es, Amina, ich erkenne dich ja kaum, wo ist dein Haar?"

„David, ich bin jetzt Amin!", erwidert sie und erklärt ihm schnell alles. Mit großen Augen hört er zu.

„Amina, du bist doch unschuldig, warum läufst du fort?"

„Weil sie denken, dass ich kräuterkundig bin und der grüne Schaum aus dem Mund des Herrn rann. Gift, David, ich glaube, dass es Gift ist, das den Schaum verursacht. Ich habe solche Angst vor den Häschern, ich versuche, nicht an die Hexenjagd zu denken. Sie sind gnadenlos. Ich habe einige gekannt, die unschuldig umgebracht wurden. Ihre Seelen haben zu mir im Traum gesprochen. Ich will nicht sterben, sondern bei Marco bleiben. Die Gedanken an ihn sind das Einzige, das mir Kraft gibt. Bitte steh' uns bei, ich habe Marco gesagt, dass du uns helfen kannst, ihm eine Botschaft von mir zu bringen. Ich will zu den Mönchen ins Kloster und mich dort eine Weile verstecken, dann ziehe ich weiter."

„Amina, die Stadt ist verwüstet, nichts ist sicher. Viele Familien sind geflohen, Häuser sind verbrannt und ausgeraubt, mein Onkel ist mit all seinen Büchern nach Hanau gezogen. Ich bin bei meiner Tante geblieben. Wir haben noch Glück gehabt, dass uns nichts geschehen ist. Sei vorsichtig, mach dich so gut es geht unsichtbar. Kennst du den Weg? Vielleicht kannst du hier auf mich warten, bis ich vom Gut zurückkomme."

„Nein, nein, ich muss weiter, David, ich werde den Weg finden, ich kenne ihn von früher."

„Ach, Amina, es tut mir so leid, sieh dich vor, traue niemand. Wenn du den Fährmann triffst, sag ihm, dass ich dein Freund bin. Ich kenne ihn schon lange. Sag ihm, dass ich dich geschickt habe. Dies sind schreckliche, gefährliche Zeiten. Geh zu meiner Tante ins französische Viertel, ihr kannst du vertrauen. Hier, zeig ihr diesen Stein."

Er zieht einen kleinen Karneol aus seiner Hosentasche:

"Dann weiß sie, dass ich ihn dir gegeben habe."

„Oh danke, David, danke, du bist ein echter

Freund."

Sie verabschieden sich, dann geht sie weiter. David blickt ihr nach, *immer die Netten und Guten müssen leiden, denkt er, die falsche Babette, die Schlange, die sollte unterwegs sein und die wilden Tieren sollten sie zerreißen.* Immer hat sie auf Amina herumgehackt. Er hat sie beobachtet, wie sie aus Frau von Edens Schatulle eine Kette nahm, dann die Kette schnell zurücklegte, als Frau von Eden unerwartet noch einmal ins Zimmer kam. Ihr traut er noch Schlimmeres zu. Aber einen Mord? Wenn es denn ein Mord ist ...

Die Sonnenstrahlen dringen kaum durch das dichte Laubdach der Bäume. Die hohen Farne überragen Amina, die lila und weiß leuchtenden Digitalis Pflanzen streben zum Himmel. Sie überlegt kurz, ob sie einige Blüten einstecken soll, sie könnte sie einnehmen, wenn sie gefangen werden sollte. *Nein, nein, denke so was nicht, spricht sie sich innerlich Mut zu. Gott wird mir beistehen, meine Mutter und mein Vater sind bei mir und die Schutzengel auch.*

Die dicken Wurzeln auf dem Weg machen ihn holprig. Geschickt weicht sie den Unebenheiten aus. Das Gespräch mit David hat sie etwas beruhigt, trotz ihrer Ängste. Sie fühlt nach dem Karneol in ihrer Hosentasche. Wenn sie an Marco denkt, hat sie solche Herzschmerzen, so als ob jemand an ihrem Herzen zöge. Dieser Schmerz kommt in Wellen über sie, während sie Marcos Namen flüstert.

„Bitte, Gott, beschütze mich", fleht sie und dann wieder „Marco, Marco, dich liebe ich, ohne dich will ich nicht sein."

Sie hört ein leises Plätschern, ein klarer Bach schlängelt sich nicht weit von ihr in einer Senke. Vorsichtig klettert sie den Abhang hinunter. Frisches Wasser. Sie genießt den kühlen, etwas strengen Geschmack. Sie richtet sich auf, streicht sich über die Haare, so ungewohnt ist das Gefühl, auf Haut zu treffen anstatt auf ihre dichten Locken. Sie holt die Haarbüschel aus ihrem Sack, betrachtet die glänzenden, dunklen Strähnen. Nicht weit entfernt entdeckt sie einen großen Steinbrocken. Sie wälzt ihn mühsam zur Seite, er ist schwer, kleine Kriechtiere stieben auseinander. Sie legt die Haare auf die Erde, wälzt den Stein zurück, der ihr Geheimnis bedeckt. *Niemand wird sich an meinen Haaren zu schaffen machen. Ich bin jetzt Amin, Amina gibt es nicht mehr. Ich darf es nicht vergessen. Sie schaut an sich herunter. Keine verräterische Rundung ist zu sehen. Gut so.*

Sie atmet tief die klare würzige Luft ein, reckt die Schultern, nimmt den Sack und geht weiter. Da, erste Brombeeren lEuchten am Strauch. Sie pflückt sie vorsichtig, sie sind so dick und saftig, dass der Obstsaft ihre Finger benetzt. Weiter geht sie, immer weiter, sie will es heute bis Seligenstadt schaffen. Der Tag ist noch lang, sie ist an Laufen gewöhnt, Kilometer um Kilometer legt sie zurück, trinkt Wasser aus Quellen, pflückt wieder die Beeren, die im Grün so einladend lEuchten. Endlos scheint der Wald, es ist noch hell. Als die Dämmerung langsam ihren Mantel um den Himmel legt, ist der Wald zu Ende und sie kann durch Felder den Weg fortsetzen, bis sie das silberne Flussband erspäht. Der Main! Sie hat es geschafft. Und Glück hat sie, der Kahn liegt an ihrer Seite des Mainufers, der Schiffer sitzt am Ufer und trinkt aus einem Holzbecher. Sie grüßt ihn höflich:

„Grüß Gott, Fährmann!" Sie verbeugt sich.

„Könnt Ihr mich über den Fluss bringen, bitte, wenn es nicht zu spät ist."

Er schaut sie von oben bis unten an:

„Woher kommt Ihr, jetzt am Abend?"

„Aus Hörstein, ich habe eine Botschaft von David für die Novizen im Kloster. Ich soll Euch Grüße von ihm ausrichten. Er ist ein Freund", fügt sie hinzu, wie David es ihr aufgetragen hat. Hoffentlich fährt er mich noch, denkt sie, sonst ist es schlecht für mich.

„David ist Euer Freund? Dann setze ich Euch über, es wird meine letzte Fahrt für heute sein. Zu den Novizen wollt Ihr? Denen geht es mehr schlecht als recht, habt Ihr was zum Beißen für die dabei?"

Sie zögert.

„Eigentlich nicht", sagt sie wahrheitsgemäß.

„Was zahlt Ihr mir, wenn ich Euch fahre?"

„Ich hab einen Schilling, genügt das?"

Er brummt Zustimmung.

„Steigt ein."

Geschickt steigt sie in den Kahn, er ist zum Glück flach und liegt ruhig. Sie reicht ihm den Schilling und atmet auf.

Während sie im Kanu sitzt, hängt sie ihren Gedanken nach. Sie erinnert sich an ihre Mutter Samira. Wieder und wieder hatte sie ihr erzählt, wie sie von ihrem Vater Leon am Strand von Silivri gefunden und gerettet wurde und bei seiner Sippe aufgenommen wurde:

„Leon Rose fühlt sich an diesem Morgen, im März 1610, glücklich und zuversichtlich, ein Gefühl, dass er nicht allzu oft spürt. Das neue Fohlen und seine Mutter hatten in der Nacht ruhig geschlafen, der Überbringer war vorhin abgereist, er hatte ihm versichert, dass er an diesen Tieren viel Freude haben würde. Leon hofft, dass der Jährling gut auf seine Versuche ansprechen würde, ihm Kunststücke beizubringen. Da liegt noch einige Arbeit vor ihm.

Er nähert sich langsam dem Strand. Der Wind fährt ihm ins dunkle, halblange Haar, er hält es in einem kurzen Pferdeschwanz zusammen. Er trägt Sandalen und eine schwarze weit fallende Hose, ein weinrotes Hemd unter der schwarzen Jacke passt gut zu seiner gebräunten Haut. Leon ist kräftig und groß, ein starker Mann. Lachfalten in seinen Augenwinkeln zeigen Humor und seine nach oben gerichteten Mundwinkel Bereitschaft zum Lächeln.

Sein freundliches Äußeres ist die Hülle zu einem scharfen, wachen Verstand, künstlerischen Fähigkeiten und einer hohen Einfühlsamkeit in Menschen und Tiere, die sofort Vertrauen zu ihm fassen.

Das gleichmäßige Rauschen der Wellen und der dumpfe Ton ihres rhythmischen Aufschlagens auf den feuchten Sand, der hier auf dem Weg deutlich zu hören ist, zeigen, wie nah Strand und Meer sind. Diese Geräusche liebt er, sie wirken so beruhigend. Leon ist zuversichtlich. Alles würde sich gut entwickeln.

Leon versucht, jeden Morgen kurz vor Sonnenaufgang einen kleinen Strandspaziergang zu machen. Er reflektiert die Nacht und plant den kommenden Tag.

Heute sind seine Gedanken bei seinen Pferden. Er ist vor acht Wochen hierhergekommen, um zwei neue Pferde zu kaufen, die er trainieren kann, damit sechs Pferde in den Vorstellungen in seinem kleinen Wanderzirkus auftreten können. Der Pferdekauf ist gelungen, er ist sehr zufrieden. Er wird mit den vier Pferden die Reise zurück nach Bukarest antreten. So können sich die Pferde hier aneinander gewöhnen. Die beiden anderen sind in der Obhut seines Onkels Honza in Bukarest geblieben. Genau wie seine Hunde und die Äffchen. So lange er hier in Silivri mit seinem Bruder und seiner

Großmutter lebte, sind die Vorstellungen, die er gegeben hat, gut angekommen. Er hatte viel Zulauf von Menschen hier, die sich gern seine Darbietungen angeschaut haben. Die Pferde mit den Kunststücken, die er und sein Bruder Mirko zeigte, haben viel Bewunderung ausgelöst. Dazu haben er und Mirko akrobatische Kunststücke vorgeführt, Lieder auf ihren Geigen gespielt und Großmutter Anyeta hat vielen Menschen, besonders Frauen, geholfen, Fragen ihres Lebens zu besprechen. Dazu hat sie ihnen Karten gelegt oder aus der Hand gelesen oder beides. In einigen Tagen werden sie Rückreise antreten, er hat Sehnsucht nach seiner Familie und er möchte seine Ideen umsetzen, mit den neuen Tieren in seinem Zirkus.

Es ist noch sehr frisch Ende Februar, doch er liebt es, den Tag so zu beginnen, der Sonne zu folgen, wie sie langsam hochsteigt und das Tageslicht minütlich verändert. Er hatte schon oft versucht, mit seinen Kreiden die Farbspiele festzuhalten, so sehr faszinierten sie ihn. Er war schon lange wach, der Ruf des Muezzins weckte ihn immer um 5 Uhr, er liebte die langgezogenen Töne, auch wenn der Islam nicht seine Religion war. Wenn sein Bruder Mirko im Vardo noch schlief, stand er auf, öffnete vorsichtig die Tür, stieg die kleine Treppe hinunter und folgte dem Sandweg zwischen Kiefern und Casuarinenbäumen. Heidekraut bedeckt den Boden, beinahe unmerklich verwandelt sich die Landschaft in hügelige Dünen, sie bilden mit ihren gewellten Formen ein Meer aus Sand, so als ob sie die See vorwegnehmen wollten, die dann zwischen den Hügelkämmen hervorblitzt..

Das Meeresrauschen wird lauter und lauter, die Dünenketten öffnen den Blick auf den Strand und die Brandung, jeden Morgen ein neues Wunder. Immer weht Wind, mal schwächer, mal stärker. Leon atmet tiefer und schmeckt das Salz auf seinen Lippen.

Gelb-olivgrüne Seetangketten ziehen sich entlang der Wasserlinie, wie eine Halskette, die eine schöne Frau schmückt. Steine und Muscheln liegen verstreut, all dies erkennt er aus der Entfernung, wie jeden Morgen. Heute ist etwas anders, es scheint, als ob ein Kleiderbündel auf dem Sand liegt. Er ist ungefähr hundert Meter entfernt, beschleunigt seine Schritte aber noch nicht. Die Dämmerung verhüllt klarere Konturen. Oft findet man hier Strandgut, ihm fällt ein nicht weit entferntes kompaktes Stück Holz auf, fast wie das Stück eines Floßes, wie sie so oft an Stränden vorkommen. *Vielleicht kann ich es mitziehen, für Feuerholz, wenn es getrocknet ist.* Erst als ihm klar wird, dass es kein Kleiderbündel ist, das er bemerkt hatte, beginnt er zu laufen, was im feuchten Sand nicht so einfach ist, er schafft es aber. Er zweifelt noch immer an dem, was er zu sehen glaubt, bis es deutlich ist: *Es ist ein Mensch, eine Frau, oh Del*, eine Frau. Eine so schöne Frau.* Er kniet nieder und betrachtet sie. Ihr Atem geht flach, ihr Brustkorb hebt und senkt sich kaum merklich. Ihr Mund steht leicht offen, er ist weich wie eine dunkelrosa Rosenblüte, das nasse Haar ringelt sich vom Kopf über die Schultern, die Arme und Beine liegen gestreckt, sie besitzt zarte schmale Füße. Ein Stück Seil hängt von einem Knöchel lose herab. *Was für makellose feine Züge sie hat, wie blass sie ist, oh Del, und dann in dieser Kälte und dem Wind.* Er nimmt ihre geschwungenen dunklen Augenbrauen wahr, so hübsche Brauen hat er lange nicht gesehen. Ihre dunklen Wimpern beschatten das fahle Gesicht. Aber hier – ganz blau ist die Wange und etwas geschwollen. Deutlich drücken sich ihre Körperformen durch die nasse Bekleidung. Der Wickelrock ist von der Taille ab zerrissen. Auch in der Bluse klafft an der Schulter ein Riss. *Sie muss schon länger hier gelegen haben, sie ist bestimmt unterkühlt. Trotzdem ist ihre Haut nicht aufgequollen.* Leon ist ratlos: *was soll ich tun, was wird das Beste sein,* Gedanken rasen durch seinen Kopf. *Sie muss von hier fort, sie kann hier nicht bleiben, sie lebt,* er beugt sich nieder und legt sein Ohr auf ihre Brust. Er hört ihr Herz schlagen. Sie öffnet ihre Augen nicht. Mitgefühl überflutet ihn. *Ich muss sie wärmen,* er zieht seine Jacke aus, schiebt seinen linken Arm vorsichtig unter ihren Rücken, hebt sie an und wickelt die Jacke um sie. Dann nimmt er sie ganz hoch und legt sie sich über seine linke Schulter. Dabei gibt sie einen Schwall Wasser von sich, hält aber die Augen geschlossen. Langsam verlässt er den Strand und schlägt langsam, Schritt für Schritt, den Weg zurück ein. Heller und heller wird es, es ist ruhig, Leon aber ist aufgewühlt, seine Ruhe ist vorbei, er tut instinktiv das, was die meisten Menschen tun, wenn sie andere in Not sehen: er hilft, so gut er kann.

Gedanken wirbeln in seinem Kopf. *Woher mag diese Frau kommen, und wie wurde sie hier angetrieben. Sie muss eine Schiffbrüchige sein, das Meer wird sie getragen haben. Vielleicht hat sie sich an dem Stück Holz festgehalten. Wer mag sie sein?* Langsam stapft er voran, bald würde er das Dünental durchquert haben und könnte sie im sicheren Vardo bequem betten, wo Großmutter sie behandeln würde. Immer wieder quillt ein wenig Wasser aus dem Mund des Mädchens. Endlich ist einer der grün angestrichenen Vardos jetzt durch die Bäume zu erkennen. Nicht weit davon entfernt steht auf seinen hohen Rädern der zweite, die Deichsel liegt lose am Boden. In der Nähe der Bäume, die die Lichtung eingrenzen, ist das Zelt aufgebaut, in dem die Zirkusvorstellungen gezeigt werden. In der Nähe stehen die Pferde, angebunden an Bäumen. Ihre Futtersäcke tragen sie um den Hals.

Leon steuert zielstrebig auf den zweiten Vardo zu. Erhöht durch die großen Räder bieten beide einen beeindruckenden Anblick – an der einen Schmalseite gibt es eine Treppe zwischen der Deichsel. Fünf Stufen führen hoch zum jetzt geschlossenen Eingang. Unter dem Vardo kann man hängende Kochgeräte erkennen. *Wie gut, dass ich endlich da bin, ich muss das Mädchen hinlegen, sie braucht trockene Kleidung. Sie tut mir so leid, was muss sie durchgemacht haben.* Er klopft neben der Treppe an die Holzwand und ruft:

"Großmama, Großmama, mach bitte auf. Es ist eilig!"

Die Tür öffnet sich, "Was gibt es Leon?" sie macht die Tür weit auf, als sie ihren Enkel vor sich sieht mit dem Mädchen über seiner Schulter.

Sie schlägt die Hand vor ihren Mund.

„Leon, oh *Del*, wer ist das?" Sie beugt sich über das Mädchen und nimmt eine Hand, hält sie in ihren beiden und streichelt sie ein wenig.

„Oh, sie ist so kalt!" Sie streicht ihr über das nasse Haar.

„Lass mich sie hinlegen, bitte hole Handtücher und trockene Kleider! Sie lag so am Strand, sie atmet und hat sich mit Wasser erbrochen!"

Sie macht ihm Platz, „leg' sie hierhin!"

Vorsichtig legt er sie auf ein freies Bett, schlägt die große, breite Tagesdecke aus rotem Samt über Samira und hüllt sie weich ein. Samira öffnet kurz die Augen, schließt sie aber gleich wieder.

Wo bin ich? Meine Augen brennen so sehr.

Sie hört Geräusche und Stimmen, die eine Sprache sprechen, die sie nicht kennt.

Leon sucht nach weiteren Decken und Laken, während Anyeta sie auskleidet und mit Handtüchern abtrocknet, sie zieht ihr ein Hemd aus Baumwolle an mit langen Ärmeln, sie deckt Samira zu und zieht die Decke bis an ihr Kinn hoch. Immer noch atmet Samira flach, hält die Augen geschlossen, aber tastet leicht über ihren Körper und ihr Gesicht. Anyeta reibt ihr die Schläfen achtsam und dünn mit Minzöl ein.

Dies können keine bösen Menschen sein, die sich um mich kümmern. Es tut gut, den Pfefferminzduft zu riechen,

Ein weiteres Hemd und eine weite Pluderhose legt Anyeta zurecht für später. Leon kommt mit zwei warmen Decken. „Sie ist wunderschön, Großmutter!"

Sie schaut mit ihren klugen Augen auf das Mädchen auf ihrem Bett.

„Oh ja, das ist sie. Wo sie wohl herkommt? Wir werden es bald wissen, sie wird eine Weile bei uns bleiben müssen, sie ist ja vollkommen hilflos!" Leon nickt.

„Überlass sie mir jetzt, hol auch mein Arnikaöl, es steht auf dem Regal neben der Tür. Ich werde ihre Glieder damit einreiben und bei ihr bleiben, um zu sehen, wie es ihr geht."

„Ich mache Wasser heiß, dann kannst du einen Tee für sie kochen, Großmama!"

„Gut Leon, vor allem braucht sie jetzt Ruhe. Sie muss ja vollkommen erschöpft sein. Was sie wohl durchgemacht hat. Sowas aber auch, ein Mädchen am Strand gefunden. *Del* hat sie zu uns geschickt."

Sie beginnt zu beten und Leon geht hinaus, um Wasser zu holen. *Sie sieht aus wie meine Traumfrau. So ein wunderschönes Mädchen habe ich schon oft in meinen Träumen gesehen. Welche Sprache sie wohl spricht?"*

Amina hatte diese Geschichte so oft von ihrer Mutter gehört und kann sie nicht vergessen.

„Wir sind da!" hört sie den Fährmann sagen und schreckt aus ihren Gedanken auf.

Sie bedankt sich und verabschiedet sich eilig, bald wird es dunkel sein.

5. Kapitel

Nachricht für zwei Frauen

„Madame, Frau von Eden, bitte öffnet mir, ich bin's, der Barthel, ich muss Euch dringend sprechen."

Babette steckt ungeduldig den blonden Kopf aus der Tür und ruft barsch:

„Was ist, Bartholomäus? Was sollen der Lärm und die Aufregung? Was willst'? Wir sind mitten in Frau von Edens Toilette. Du weißt, dabei will sie nicht gestört werden!"

„Was ist da draußen los, Babette?"

Gereizt klingt Frau von Edens Stimme. Ihr Haar fliegt ihr unordentlich ums Gesicht. Ihr Morgenmantel hängt lose an ihr, ein Glas mit Marthas Schlehenwein steht auf ihrem Toilettentisch. Bartholomäus ringt die Hände:

„Madame, Bodo hat mich gerufen, der Herr liegt im Stall, leblos, er atmet nicht, er rührt sich nicht."

„Was sagst du da, was? Wo ist Anna? Anna!" ruft sie nach ihrer Tochter.

„Und dieses Mädchen, wie heißt sie doch gleich, Amina", fährt sie fort, „kam sie denn nicht aus dem Stall, als ich sie gerufen habe? Sie hat nichts gesagt."

„ Was wird sie schon sagen, wenn die nicht ihre Hand dabei im Spiel hat", murmelt Babette. „Diese Hexe, der kann man nicht trauen, ist keine von uns."

„Mama, ich bin hier." Anna teilt die schweren Vorhänge zwischen den Schlafzimmern.

„Mama, was ist? Dieses Spektakel so früh am Morgen, mein Kopf tut mir so weh. Und nun so ein Lärm."

„Anna, Anna, hör was der Barthel sagt!" Maria springt auf, ringt die Hände, und ruft:

„Barthel, hol' Pfarrer Seubert! Arnulf im Stall… oh Gott, in welchen Zeiten leben wir. Oh, ich Unglückliche, der Herrgott steh' mir bei, ich muss mich ankleiden, Babette, beeil dich mit meinem Haar, hast du meine Kleider herausgelegt? Ich will, dass der Medicus kommt. Räum das Glas fort, bring mir Wasser, schnell, dann machst du weiter mit meiner Toilette." Sie verdreht die Augen, fällt im Sessel zurück, ihre Arme fallen schlaff zur Seite.

„Mama, Mama", jammert Anna durch den hohen Raum. „Schnell, Babette, Riechsalz. Mama, was hast du? Bartholomäus, sag' was ist passiert, sag's! Und dann, hörst du, hol den Medicus und Pfarrer Seubert, schnell. Nimm die Kutsche."

„Es ist angespannt, ich warte nur noch auf Amina. Die Gnädige Frau hat mir aufgetragen, sie nach Gelnhausen zu fahren, nun hat der Bodo den Herrn ohnmächtig im Stall gefunden. Pfarrer Seubert ist nicht mehr da, er ist doch durch den Wald geflüchtet, als die schwedischen Soldaten ihn bei der Messe als Geisel nehmen wollten. Seitdem ist auch die Haushälterin fort. Wir haben keinen Pfarrer mehr in Hörstein, im Kloster Seligenstadt ist kein Abt mehr, nur noch ein paar Mönche sind in dort."

„Was sollen wir denn nun machen? Amina kann warten, hol' den Medicus, der wird Rat wissen, oh, dieser schreckliche Krieg, kein Pfarrer", weint Anna verzweifelt, versucht, den Kopf der Mutter zu stützen und murmelt dabei: „Vater im Himmel, beschütze uns, lass mich nicht allein."

Da kommt Babette schon mit dem Riechsalz, hält es Frau von Eden unter die Nase. Das Riechsalz bringt sie zum Niesen, sie atmet ein paarmal tief. Langsam öffnet sie die Augen.

„Ich bin bei dir, Mama, verlass mich nicht", fleht Anna wieder.

Frau von Eden drückt schwach ihre Hand, sie atmet schwer, erholt sich aber langsam.

„Es geht schon wieder, Anna, danke, es ist alles zu viel für mich. Habt ihr nach Pfarrer Seubert geschickt? Wir brauchen ihn, und holt auch den Medicus, schnell!"

„Madame, Pfarrer Seubert ist nicht da", wiederholt Bartholomäus.

Sie richtet sich auf.

„Geht jetzt alle und tut, was ich Euch gesagt habe!", ordnet sie an, „nur Anna bleibt hier. Anna, kümmere dich darum, dass meine Anweisungen befolgt werden!" sagt Maria, jetzt ganz die Herrin.

„Ja, Mama", weint Anna. „Was hast du da wegen Amina beschlossen? Ich weiß ja gar nichts."

"Weg muss sie, weg, weg, weg …", singt Babette.

„Was soll das, Babette?", fährt Anna sie an, „tu deine Arbeit, hör auf, du weißt nicht, was du sagst, sie hat uns zuverlässig gedient."

„Zuverlässig? Immer wenn ich sie brauchte, um mit Hand anzulegen, musste ich sie rufen."

„Ja", erwidert Anna, „weil sie immer irgendwo im Haus geholfen hat, frag die Hannah! Und jetzt Schluss damit, geh' jetzt, Babette!" ordnet Anna an. „Und Du Barthel, hol' den Medicus, dann kannst du Amina nach Gelnhausen fahren, das kann warten."

Maria hält sich die Hände an die Ohren.

„Hört auf mit dem Gezänk, hört auf, oh wenn doch der Medicus endlich schon da wäre."

Sie bricht in unkontrolliertes Schluchzen aus.

Im Buchenhof

„Bastian, Martha, macht auf, ich bin's, Dolf!"

Das Klopfen an der Tür hört nicht auf.

„Bastian, wo bist du?", ruft Martha. Sie hat sich hingelegt nach der Morgenarbeit, es geht ihr nicht gut, sie fühlt sich so schwer, jeden Morgen ist ihr schlecht. Sie will nicht aufstehen.

„Bastian, komm doch bitte!"

Aber Bastian bessert hinter der Scheune den Zaun aus, er hört sie nicht. Schwer erhebt sie sich vom Bett, langsam schlurft sie zur Tür.

„Wer ist da?"

„Dolf vom Gutshof. Ein Unglück ist geschehen, lass mich rein."

Martha öffnet die Tür. Da steht Dolf, Edens zweiter Pferdeknecht, schwitzend, sein Pferd hat er angebunden, er kennt sich hier aus.

„Kann ich was trinken? Ich bin durstig vom Reiten."

Martha schöpft Wasser in einen Krug und stellt ihn auf den Tisch:

„Komm, setz dich. Was ist denn?"

Er trinkt gierig und hält ihr den Krug noch mal hin. Sie füllt ihn schweigend, setzt sich zu ihm an den Tisch.

„Erzähl endlich, welches Unglück?"

„Martha, der Herr... Bodo und ich haben ihn gefunden. Er liegt in der Pferdebox. Sein Mund ist mit grünem Schaum bedeckt."

Martha bekreuzigt sich.

„Was sagst du da? Was? Arnulf von Eden? Grüner Schaum? Das kann nichts Gutes heißen!"

Sie beginnt zu zittern, ihr ist kalt, sie holt das Wolltuch, legt es sich um, ihre Zähne klappern, obwohl

Schweiß auf ihrer Stirn steht. Sie hält ihren Bauch.

Bastian ist in die Stube getreten, sieht die blasse Martha, „Was hast du mein Lieb', geht es dir nicht gut? Und du Dolf, was machst du hier so früh? Was ist los?"

Dolf erzählt Bastian, was er gesehen hat.

„Die Herrin schickt nach dem Medicus und Pfarrer Seubert. Aber der ist ja fort, sie hat es wohl vergessen."

„Was haben wir mit diesem Teufel zu schaffen?", ruft Bastian aus. „Die sollen sich selbst darum kümmern, was sie mit ihrer feinen Familie machen. Wir haben nichts mit denen zu tun. Seit der alte Eden tot ist, Gott hab ihn selig, ist nichts Gutes mehr von diesem Hof gekommen. Sowieso nutzen sie uns schon immer aus. Wir sind wie ihre Sklaven. Da war der Alte auch nicht besser. Wir sind doch nicht frei. Von allem, was wir haben, wollen sie ihren Teil. Der Arnulf ist ein Verbrecher. Wie all die anderen feinen Herren hier in der Gegend. Auspressen tun sie uns, wenn einer von denen verreckt, umso besser."

„Ich wollt's Euch nur sagen. Kann sein, dass die Gnädige nach Euch schickt, sie braucht jede Hilfe. Die Lina ist krank, die Amina soll nach Gelnhausen gebracht werden, die Herrin hat sie fortgeschickt, es gab zu viel Streit mit der Babette."

„Von uns kann sie keine Hilfe erwarten. Ich habe selbst alle Hände voll zu tun, die Martha ist schwanger, ihr ist andauernd übel. Sie kann auf keinen Fall helfen, ich erlaube es nicht. Nicht mit meinem Kind in ihrem Bauch!"

Martha zuckt zusammen bei seinen Worten. Die Kehle ist ihr eng, sie trägt schwer an diesem Kind.

„Ich muss zurück."

Dolf steht auf, grüßt, verlässt die Küche und kurz darauf hören sie das Trappeln der Hufe.

„Nun können wir das Hengstfohlen behalten, das der Herr von uns verlangt hat. Die Herrin braucht es nicht. Ich wollte es sowieso nicht hergeben", sagt Bastian und streicht Martha übers Haar.

„Wollte er dich deswegen vor ein paar Tagen sprechen?", fragt sie.

„Ja, er hat es sich genau angeschaut und gesagt 'Das gehört mir, Bastian, noch ein paar Monate, dann bringst es rüber. Damit kann ich Geld verdienen.'

„Dieser Gierhals, der kriegt's nimmer."

6. Kapitel

Ankunft der Mönche

Hannah rührt im Suppentopf, der Kessel hängt an den Ketten über dem Feuer. Die Suppe brodelt leicht. Fadendünner Rauch steigt in den Schornstein. Sie hört ein Klopfen an der Tür.

„Wer ist da?", ruft sie.

„Ihr habt nichts zu befürchten, wir sind zwei hungrige Mönche auf Pilgerfahrt und gerade hier vorbeigekommen. Bitte, macht auf!"

Hannah zögert. Zu viel Lumpengesindel ist unterwegs und gibt sich für etwas aus, was es nicht ist. Aber die Torwächter müssen sie ja wohl durchgelassen haben. Trotzdem öffnet sie die Tür vorsichtig, blickt prüfend in ein mageres Gesicht. Eine scharfe Nase ragt aus einer braunen Kapuze, ein großer und hagerer Mönch ist es. Der andere ist jünger, kleiner, etwas untersetzt, noch fast jungenhaft mit seinen trotz des Hungers rundlichen Wangen. Ein ungleiches Paar sind sie. Die Kapuzen über den braunen Kutten verdecken nicht, dass dünne Körper darunter stecken. Benediktiner sind es, erkennt sie gleich. Ob die echt sind oder verkleidet? Sie fühlt, dass sie ihnen trauen kann. Sie, die schon so viel gesehen hat.

„Kommt rein!", erlaubt sie und tritt zur Seite.

„Bitte entschuldigt die Störung, wir sind schon viele Tage unterwegs. Wir wollen nach Seligenstadt zu unseren Brüdern in der Abtei, wir haben Durst. Ich bin Bruder Ignaz und das ist Bruder Leupold", deutet der größere auf seinen Gefährten.

„Seligenstadt? Hab gehört, die Abtei wurde geplündert, sogar gebrannt hat es, und nur durch die beherzte Tat eines Bauernburschen wurde der Brand gestoppt."

„Das haben wir auch erfahren, aber zwei oder drei Novizen sollen dort noch wohnen, wir wollen sie unterstützen in diesen harten Zeiten."

„Recht ist's, man soll seinen Brüdern beistehen, nur zusammen kann man die Gräuel dieser Tage überleben, die über uns gekommen sind. Bitte setzt Euch hier an den Tisch."

Hannah bringt ihnen Gläser mit Wasser.

„Etwas Brühe könnt Ihr gleich noch haben, koche gerade eine Suppe, das gibt Kraft".

„Seid gesegnet, Frau", danken sie ihr.

„Woher kommt Ihr?", fragt sie.

„Aus Köln. Wir sind den Jakobsweg gelaufen, durch Gottes Beistand sind wir von Überfällen verschont worden, aber fragt nicht, was wir Schreckliches auf unserem Weg gesehen haben. Zerstörte Dörfer, Tote am Wegrand, viele Pferdekadaver mit aufgedunsenen Bäuchen, übersät von Fliegen. Schwelende Scheiterhaufen vor den Dörfern. Durch die Wälder haben wir uns geschlagen, von Beeren gelebt und Wasser aus den Bächen getrunken.

Euch schickt der Allmächtige, denkt Hannah, *jetzt, wo kein Pfarrer da ist und die Gnädige allein. Sie stellt noch einen Teller mit dicken Brotscheiben hin.*

„Essen ist knapp, zwar haben räuberische Soldaten uns bis jetzt hier nicht gefunden, trotzdem, die Vorräte schrumpfen und die Ernte ist noch nicht unter Dach."

„Habt Dank, das ist zu gütig", murmeln sie, bevor sie in die frischen Scheiben beißen und sie in die Brühe tunken, die Hannah ihnen hinstellt. So etwas Gutes haben sie lange nicht bekommen. Sie kauen das mit

Brühe vollgesogene Brot langsam und genüsslich. Hannah läuft zur Tür und ruft:

„Dolf! Wo bist du?" *Wenn man die Kerle braucht, sind sie nicht da.*

„Der ist fortgeritten", ruft Bodo zurück, „zum Buchenhof, damit Bastian und Martha Bescheid wissen." Er lässt die Sense liegen, die er gerade dengelt und geht zur Küche.

„Gut, dass du kommst, Bodo, geh zur Herrin und sag ihr, zwei Mönche sind hier eingetroffen, es sind hungrige Pilger. Vielleicht können sie uns helfen, es wird noch dauern, bevor der Medicus kommt. Mönche kennen sich oft mit Medizin aus", fügt sie hinzu und dreht sich mit fragendem Gesicht zu den Essenden, „Ihr auch?"

Die kauenden Mönche tauschen Blicke, trinken noch einen Schluck Wasser, damit das Brot besser rutscht und wischen sich den Mund mit dem Handrücken ab.

„Das war so gut, danke. Wieso fragt Ihr, ob wir uns mit Medizin auskennen?"

„Wir haben hier einen Unglücksfall, heute Morgen, es dauert noch, bis der Medicus kommt. Da dachte ich…"

Bodo ist wieder da und tritt ein.

„Die Herrin lässt bitten, Ihr dürft zu ihr kommen, sie erwartet Euch."

Beide stehen auf, sie danken Hannah mit einem

„Gott vergelt's!", und segnen sie, bevor sie Bodo über den Hof zum Herrenhaus folgen.

Bodo dreht sich um:

„Die Herrin ist in einem erregten Zustand. Wir haben ihren Gemahl im Stall gefunden, heute Morgen, wir befürchten das Schlimmste, kommt."

Sie treten durch die schwere Holztür, steigen die breite Treppe hinauf, schreiten den Gang auf einem zerschlissenen Teppich entlang. Eine Reihe von Ahnenbildern ist nicht zu übersehen. Strenge Blicke aus ernsten Männergesichtern über schweren Rüstungen scheinen ihnen zu folgen. Das offene Gesicht einer jungen Frau beendet die Reihe, ein rot-grün-golden bestickter Kopfputz schmückt die Stirn, ein rätselhaft scheinendes Lächeln umspielt ihre geschwungenen Lippen. Nur zwei Kerzen brennen, um den Weg zu erleuchten. „Hier ist der Salon", erklärt Bodo und klopft an die schwere braune Tür.

„Madame, wir sind da."

„Tretet ein!"

Bodo öffnet die Tür. Frau von Eden und Anna sitzen auf dem blauen Samtsofa, Maria bleich, mit roten Flecken auf den Wangen. Aus ihrem braunen, hochgesteckten Haar haben sich Locken gelöst, ihre Hände fahren unruhig in ihrem Schoß herum, sie tupft sich mit einem zerknüllten feinen Batisttuch immer wieder die Augen. Anna hat ihre Mutter untergehakt, blass, mit großen dunklen Augen schaut sie den Besuchern entgegen. Die Ähnlichkeit mit der jungen Dame auf dem Gemälde ist deutlich. Sie wärmt sich mit einem braunen Tuch, das sie eng um sich zieht. Leupold und Ignaz verbeugen sich.

„Gnädige Frau, entschuldigt bitte die frühe Störung!"

„Lasst nur, es ist ein Glück, dass Ihr da seid. Das ist meine Tochter Anna, Bodo, erzähl den Besuchern, was du entdeckt hast."

Nachdem Leupold und Ignaz Bodo angehört haben,

während sich Frau von Eden immer wieder die Augen abtupft und Anna beruhigend ihren Arm streichelt, beugt Frau von Eden sich vor und bringt leise heraus:

„Ich kann es nicht über mich bringen, ihn allein zu sehen, ich habe Angst, Anna soll mich begleiten, und Ihr? Könntet Ihr auch kommen? Seid Ihr der Heilkunde mächtig?"

„Madame, ich bin Arzt, und Leupold ist mein Schüler und Assistent, wir können gern gemeinsam gehen, wir sollten sogar nicht länger warten", erwidert Ignaz.

„Dann lasst uns gehen", ruft sie und steht auf. Sie ist in diesem Augenblick entschlossen.

„Bodo, führe uns zum Stall!"

Alle erheben sich, gehen den dunklen Ahnengang zurück, treten in den Hof. Da kräht der junge Hahn mit kräftiger Stimme, höher steht die Sonne, wie verlassen liegt der Hof, wenige Hühner scharren in den Ecken.

Sie sind am Stall angelangt, die Tiere käuen vor sich hin, Bodo öffnet die Box. Nur der Tote liegt jetzt darin. Jemand hat das Pferd weggeführt. Frau von Eden tritt ein, lehnt sich an die Holzwand, gleitet dann langsam an der Boxenwand hinunter, kauert sich ins Stroh, weint. Anna steht aufrecht, streichelt ihrer Mutter übers Haar. Sie starrt auf das entstellte Gesicht des Vaters, in Augen, die ins Leere starren. Ignaz kniet neben Arnulf, er fühlt den Puls am Hals und an den Handgelenken. Vorsichtig tastet er den Kopf ab. Eine Wunde fühlt er nicht, aber am Hinterkopf kann er eine Beule tasten, groß ist sie nicht, aber fühlbar. Sie könnte von dem Sturz kommen. Der Gesichtsausdruck, der getrocknete, grünliche Speichel an Kinn und Hals, die Fliegen, die um den Kopf kreisen, alles deutet auf den Tod hin. Er schlägt ein Kreuz über dem Toten, versucht vorsichtig, die Augen zuzudrücken, schüttelt langsam den Kopf, steht dann auf.

„Madame, ich kann nichts mehr tun, der Herr hat Ihren Gatten zu sich genommen."

Ein wimmernder Laut entfährt Maria von Eden.

„Gnädige Frau, Ihr müsst jetzt tapfer sein, wir sollten Ihren Gatten jetzt aufbahren, bis der Medicus kommt. Ihr Knecht kann uns zeigen, wo dazu eine Möglichkeit ist."

Frau von Eden nickt, erwidert stockend:

„Wir haben Holzbretter und Böcke, im Nebengebäude können Bodo und Dolf ihn aufbahren. Bodo, bitte kümmere dich darum, Dolf wird dir helfen."

Bodo nickt und verlässt den Stall. Frau von Eden schluchzt laut, Tränen laufen über ihr Gesicht, zusammengekauert sitzt sie da. Anna kniet neben ihrer Mutter nieder.

„Mama, bitte, beruhige dich doch!", versucht Anna zu trösten und streichelt sie immer wieder. Sie ist wie erstarrt, fühlt sich wie in einem bösen Traum. Maria schüttelt den Kopf.

„Anna, ach Anna, du weißt ja nicht, was alles auf uns zukommt. Soll dein Vater denn ohne Glockenklang unter die Erde kommen? Ist es nicht schon entsetzlich genug, dass er ohne die Sterbesakramente elendig im Stall sterben musste? Wir wissen nicht, wie er umgekommen ist. Oh, Arnulf, sollst du auch noch im ewigen Fegefeuer leiden?"

Sie kniet nieder.

„Wir müssen den Täter finden, allein ist er nicht gestorben. Er war gesund, immer voller Kraft, oh, warum ist so ein Unglück über uns gekommen? Was haben wir verbrochen? Wer hat das getan? Oder kann es ein Unfall gewesen sein?", schreit sie auf.

Ich muss es ihr sagen, Ignaz.

„Am Hinterkopf fühlte ich eine Beule, Gnädige Frau."

„Eine Beule? Hat er vielleicht einen Schlag bekommen?"

„Gnädige Frau, sie könnte von dem Sturz kommen."

Sie schüttelt den Kopf, hin und her, sie denkt nach. *Wie kann er gestürzt sein? Oder hat jemand ihn gestoßen? Woher kommt der Schaum vor seinem Mund?*

Sie spricht weiter:
„Wer kann ihn nun waschen, aufbahren, Weihwasser bereitstellen, ein Kruzifix hinstellen? Wer wird von ihm Abschied nehmen? Wer wird eine Totenwache halten? Pfarrer Seubert ist fort, wird gesagt, oh, ich hoffe, der Medicus wird bald hier sein und Rat wissen. Wer kann uns helfen, ihn zu begraben, auf dem Kirchhof, wo seine Vorväter liegen. Sein Name muss in den Familienstein gemeißelt werden. Oh Gott, warum muss dies auch im Krieg geschehen. Nichts ist, wie es immer war."
Sie schluchzt wieder, will sich aufrichten, Anna hilft ihr auf, sie klammert sich an Anna.

„Gnädige Frau, wir werden helfen, wo wir können!" versucht Ignaz Maria zu beruhigen. Er weiß, wie schwer alles in diesen Kriegszeiten ist.

„Gnädige Frau, Gottes Pläne und Wege kennt nur er. Wir müssen uns seinem Willen beugen.

„Anna, Anna, wir beide sind jetzt ganz allein. Wie sollen wir in diesen Kriegszeiten eine Pilgerfahrt zur Sühne machen? Ohne Sterbesakramente musste er sterben", wiederholt sie. „Wie kann Arnulfs Geist nur zur Ruhe kommen?"

Die Mönche lauschen stumm ihren Klagen. Sie wendet sich ihnen zu.

„Bitte bleibt noch bei uns. Wir brauchen geistlichen Beistand, den wir sonst vom Pfarrer erhalten hätten. Gott hat Euch geschickt, bitte, was sagt Ihr?"

Ignaz räuspert sich.

„Gnädige Frau, Euer Wort soll uns Befehl sein. Was wir tun können, um Euch beizustehen, werden wir erledigen. Bruder Leupold, was meinst du?"

Leupold verzieht keine Miene, schaut ernst, nickt, denkt dabei: *Das Essen von der Hannah wird mir noch mal gut schmecken, warum nicht? Auf ein paar Tage kommt es jetzt nicht an. Gott will es so, warum hätte er uns sonst hierher geführt?* Laut erwidert er:

„Gnädige Frau, was mein Bruder bestimmt, dem folge ich, wir haben unseren Weg gemeinsam begonnen, gemeinsam bleiben wir, bis wir ihn fortsetzen können. Amen."

„Ich danke Euch!", stößt Maria hervor und ergreift die Hände der beiden.

„Wir werden Euch zwei Zimmer richten. Es soll Euch an nichts fehlen, solange Ihr hier bei uns bleibt. Ich bin ja so froh, dass Ihr da seid."

Ignaz und Leupold lassen Marias Gefühlsausbruch über sich ergehen, sie sind ein wenig peinlich berührt. Aber sie verstehen auch, was sie jetzt durchleben muss und erwidern ihren Händedruck sanft.

Auf dem Weg zurück ins Haus schluchzt Maria laut, sie kann sich nicht mehr beherrschen. Anna stützt sie. So fassungslos sie selber ist, fühlt sie sich eigentümlich abgetrennt von allem, so, als sei sie eine Zuschauerin in einem Theaterstück. Natürlich sorgt sie sich um die Mutter, fühlt sich aber auch eigentümlich hilflos. Sie kann nicht weinen, zu schrecklich ist alles, aber auch, als ihr Vater noch lebte, war es entsetzlich genug gewesen. Wie oft hatte sie in der Nacht den Streit der Eltern anhören müssen, auch wenn die Wände dick waren - das Weinen Marias und die dröhnende, ungeduldige Stimme des Vaters hat sie nie vergessen. Seit damals fühlte sie eine unbestimmte Angst vor Männern, der Einzige, dem sie wirklich vertraute, war der Medicus, der sie schon seit ihren Kindertagen immer liebevoll behandelt hatte.

Wirklich, der Herrgott hat uns die Mönche geschickt, sie sind Männer, wenn auch in Kutten. Dazu noch Ärzte, sie werden uns beistehen können. Gott, ich danke dir, du lässt uns nicht allein in diesen schrecklichen Tagen. Ich vertraue dir, mein Gott! Anna.

7. Kapitel

Untersuchung

Die Leiche Arnulf von Edens liegt aufgebahrt auf dem improvisierten Tisch aus Böcken und Brettern.

So schnell ist Barthel selten gefahren, um dem Medicus die Botschaft Marias zu überbringen. Zum Glück war der Medicus zu Hause und nicht gerade bei einem Patienten. Er folgte ohne Zögern, er würde ja alles für Maria tun. Auch den Richter und Scharfrichter hatten sie zu Hause angetroffen, und beide waren bereit, mitzukommen. Das ist keine Selbstverständlichkeit, besonders der Scharfrichter fluchte und knurrte unwillig, aber er musste folgen. Sein Frühstück beendete er in Ruhe, er war nicht gut auf die Eden-Familie zu sprechen. Der Richter war gerade fertig mit seinem Frühstück, stürzte eilig den letzten Kräutertee hinunter und befahl seinem Kutscher, anzuspannen. Er wollte lieber allein fahren, um unabhängig zu sein.

Nun stehen sie alle zusammen und betrachten den Toten. Ignaz und Leupold sind dazugekommen.

Der Medicus zieht seinen schwarzen Rock gerade und streckt die Schultern. Er wendet sich Richter Siebenhaar und dem Scharfrichter zu. Leupold und Ignaz haben die Hände in ihre Ärmel gesteckt. Sie warten gespannt darauf, was der Medicus zu sagen hat.

„Viel deutet auf eine Vergiftung hin, die bleiche, gelbgrüne Gesichtsfarbe, die gelblichen Augen, die schwarzen Verfärbungen der Zunge, die roten Handflächen und Fußsohlen. Das könnte blauer Eisenhut sein, aconitum napellus oder auch Bilsenkraut."

Die rote Joppe des Scharfrichters leuchtet in dem dämmrigen Raum. Richter Siebenhaar wiegt seinen silbrig-weißen Kopf. So viele Menschen es auf der Welt gibt, so viele Todesarten gibt es. Endlich bemerkt er:

„Wir müssen herausfinden, wo der Tote am Abend vor seinem Ableben war. Vielleicht weiß seine Gattin etwas."

„Wenn er es ihr gesagt hat", wirft der Scharfrichter ein und verzieht höhnisch seinen Mund. Richter Siebenhaar sieht ihn streng an, fügt dann hinzu:

„Gibt es schon einen Verdächtigen?"

Ignaz und Leupold blicken sich an. Sie haben Bemerkungen auf dem Hof aufgeschnappt, haben Mägde flüstern sehen, den Namen Amina gehört. Sie sagen nichts.

„Noch nicht, aber mit diesem Befund des Medicus liegt es doch auf der Hand, dass hier jemand verdächtig ist, der sich mit Giften auskennt!"

Der Richter zieht seine linke Augenbraue hoch.

„Und, an wen denkt Ihr da?"

„Bleiben nicht viele", antwortet der Scharfrichter und fährt fort:

„Kräutergrete ist schon lange im Grab, Hannah, die Köchin, der traue ich es nicht zu, es muss jemand sein, der einen Hass auf den Herrn hat und etwas von Kräutern und Giften versteht. Die kleine Fremde, die braune, die erst auf den Hof kam, als Kräutergrete starb, und jetzt Frau von Edens Magd ist, die sollten wir uns mal vornehmen. Wir müssen sie verhören. Wollen wir hoffen, dass die Schergen fündig werden. Ich schlage den Hans und den Xaver vor, das sind gute Schnüffelnasen, die lassen nicht locker und kennen sogar die neuesten Weiberröcke hier. Bevor sie anfangen zu suchen, sollten sie erst mit ihr reden, wie heißt sie noch gleich, so einen fremden Namen hat sie", endet er und bricht in sein meckerndes hämisches Gelächter aus. Richter Siebenhaar hebt seine Hand, blickt böse und tadelt ihn streng:

„Respekt vor der Totenruhe, Scharfrichter. Wenn wir hier fertig sind, informiert die Schergen, sie sollen mit der Magd reden. Ich habe gehört, wie Frau von Eden sie Amina genannt hat. Die meint ihr doch? Dann sehen wir weiter."

Der Scharfrichter antwortet sofort unterwürfig mit einer leichten Verbeugung:

„Ja, das muss sie sein. Ich werde veranlassen, dass die Schergen sich gleich aufmachen", und denkt, *der muss immer päpstlicher als der Papst sein, der Richter. Ohne mich und meine Schergen kommt der auch nicht weiter mit seiner Gelehrsamkeit*. Laut fügt er hinzu:

„Mit Verlaub, Herr Richter, Herr Arnulf hatte mehr Feinde als Freunde."

„Habt Ihr seine Kleidung auf wichtige Hinweise, wo er den Abend vorher gewesen sein kann, untersucht?", wendet der Richter sich noch mal an den Scharfrichter.

„An den Stiefeln war die Erde, die es hier überall gibt, schwarz und fett. An seiner Kleidung hingen nur Strohfäden aus dem Stall. Das hilft uns nicht weiter. Und was machen wir so lange mit ihm, soll er hier liegen bleiben?", fährt der Scharfrichter fort.

Ernst bestimmt Richter Siebenhaar:

„Da wird uns wohl nichts anderes übrig bleiben. Ich werde mit Frau von Eden sprechen. Es wird nicht leicht sein, einen Bestatter zu finden. Wir werden mit den Totengräbern reden, sie werden uns helfen müssen. Ich befürchte, wir müssen alles ohne die üblichen Formalitäten durchführen. Ich denke, sie wird es nicht ertragen können, ihn außerhalb des Gottesackers zu bestatten. Sie ist so schlecht beieinander. Er hat ja nicht einmal die

Sterbesakramente bekommen können. Es ist genug Strafe für ihn und seine Familie. Ich werde Frau von Eden fragen, ob sie ihren Gatten hier in der kleinen Kapelle des Gutshauses aufbahren möchte oder in Hörstein in der Wilgefortiskapelle. Das erste wird das Beste sein. Ich kann mir vorstellen, dass sie so wenig Aufhebens wie möglich machen möchte. Dies sind keine Zeiten für eine große Feier mit Verwandten und Dörflern. Vorerst aber müssen wir ihn fest einwickeln, ihr versteht ja Euer Handwerk bestens, präpariert ihn. Kommt, Medicus, begleitet mich zur Herrin. Sie wird das letzte Wort haben, wann er in die Gruft soll. Dann kommt noch die Frage, wer die Totenmesse halten soll? Wir haben hier keinen Pfarrer mehr, er ist geflüchtet, die Mönche in der Abtei wohnen in Seligenstadt. Habt Ihr vielleicht noch eine Idee, die uns helfen könnte?", wendet der Richter sich an die Mönche.

Ignaz wiegt seinen Kopf.

„Wir tappen ja im Augenblick komplett im Dunkeln. Wir werden versuchen, von den Leuten in der Gegend auch etwas herauszubekommen, das uns helfen könnte. Wir werden unauffällig Fragen stellen, unsere Ohren aufhalten. Bevor wir nicht mehr wissen, können wir gar nicht an eine Bestattung denken. Frau von Eden macht sich darüber solche Sorgen, mit Recht, denn sein Tod wirft ja große Probleme auf. Was die Totenmesse betrifft, da könnten wir aushelfen, Ausnahmen gibt es immer und wir sind ja im Krieg. Das wäre das geringste Problem."

Der Richter wirft ein:

„Bevor wir etwas entscheiden, brauchen wir Ergebnisse", und denkt: *Hoffentlich dauert es nicht so lange. Es wird schwierig werden mit der Errichtung eines Steinkreuzes im Guts-*

garten in der Nähe der Einfahrt. Am besten, das wird vollkommen vermieden. Frau von Eden wird darauf bestehen, dass ihr Gatte in der Familiengruft beigesetzt wird. Und der Gottesacker ist in Hörstein. Er seufzt bei dem Gedanken daran, wie schwer die Familie gebeutelt ist. Es muss alles im Geheimen vor sich gehen. Laut sagt er: „Wir müssen so diskret wie möglich vorgehen. Niemand außer den Schergen darf wissen, was wir vermuten. Wir müssen sie zu äußerster Verschwiegenheit anhalten. Wenn der Tote gewaschen und gekleidet wird, braucht niemand zu wissen, wie er gefunden wurde. Und nun, auf jetzt, Eile ist angesagt!

Je früher wir den Schergen den Auftrag erteilen, umso besser."

Sorgenvoll runzelt der Medicus die Stirn. Welches schlimme Schicksal muss Maria jetzt tragen. *Ich muss zu ihr, so schnell wie möglich.* Er denkt immer an sie als „Maria". Schon so viele Jahre. Seine Gedanken kreisen darum, wie sehr sie ihn jetzt braucht, mehr denn je, jetzt, wo sie frei ist.

8. Kapitel

Wo ist Amina?

„Gnädige Frau, ich bin's, der Barthel. Ich muss Euch sprechen!"

Er klopft an die Tür der Herrin.

„Komm herein, Barthel! Was gibt es noch, wieso bist du denn noch hier? Ihr sollt doch auf dem Weg zu meiner Schwester sein!"

„Gnädige Frau, Amina ist nirgends zu finden. Ich habe gewartet und gewartet, die Kutsche ist fertig, die Sachen für Eure Schwester sind verstaut, wer nicht da ist, ist Amina!"

„Was redest du, Barthel? Wo soll sie denn sein? Sie weiß, dass du sie nach Gelnhausen bringen sollst!"

„Sie ist nicht gekommen, gnädige Frau! Wir können sie nirgends finden. Ihre Kammer ist leergeräumt! Ich war mit Hannah oben und habe sie gesucht!"

Schritte sind draußen auf der Treppe zu hören. Der Medicus, der Richter, Ignaz und Leupold. Der Medicus klopft an.

„Wer ist es denn jetzt schon wieder? Babette, öffne die Tür! Anna, wo bist du?", ruft Frau von Eden.

„Wenn ich doch nur etwas Ruhe hätte!", ruft sie verzweifelt. Babette eilt herbei und öffnet die Tür.

„Gnädige Frau, Ihr habt Besuch!"

„Lasst uns rein, bitte!", hört Frau von Eden den Medicus.

„Es ist der Medicus, lass ihn herein, Babette!"

„Gnädige Frau, wir sind mehrere, Richter Siebenhaar ist bei mir und die beiden Mönche, wir müssen mit

Euch reden."

Sie treten ein.

„Gnädige Frau!", beginnt der Richter. „Wir überbringen Euch unser herzliches Beileid. Wir werden alles tun, um diese vor Euch liegende Zeit leichter zu machen." Sie verbeugen sich alle drei.

„Bitte gebt uns Eure Zeit. Entschuldigt, es ist schon spät, aber die Sache ist so dringend, dass wir noch mit Euch sprechen wollten, bevor der Tag zu Ende geht!"

Sie deutet auf die Plätze und streicht sich über ihr Haar.

„Ich weiß, es muss sein, Ihr seid willkommen!"

Alle nehmen Platz.

„Wir tun alles, was möglich ist, verehrte Frau von Eden!", beginnt der Richter.

„Wir möchten mit Euch unseren Plan besprechen, vorher haben wir leider noch einige Fragen. Könntet Ihr uns sagen, wann Ihr Euren Gatten zuletzt gesehen habt?"

Sie beginnt zu schluchzen.

„Mein Gatte hat mich nicht informiert, wohin er gegangen ist. Ich weiß auch nicht, wann er zu Hause war. Sein Schlafzimmer ist am Ende des Flurs!"

Sie weint lauter. Sie ist verzweifelt darüber, diesen Männern ihre Geheimnisse offenbaren zu müssen.

Anna, die auch dazugekommen ist, reicht der Mutter ein frisches Taschentuch und stützt sie.

„Es tut mir leid, dass ich das fragen muss, gnädige Frau, aber bitte, habt Ihr irgendeinen Verdacht, kennt Ihr die Feinde Eures Gatten?"

Es ist dem Richter sehr peinlich, diese Fragen zu stellen, aber es muss sein.

„Wir brauchen irgendeinen Anhaltspunkt, bitte versteht!"

Sie nickt.

„Mein Gatte sprach nicht mit mir über seine Händel. Ich sah ihn oft nicht, er hat immer gemacht, was er wollte, wie alle Männer es tun", fügt sie bitter hinzu unter Tränen und fährt fort:

„Gerade hat mir der Bartholomäus gesagt, dass Amina, die er nach Gelnhausen zu meiner Schwester bringen sollte, nicht aufzufinden ist. Wir wissen nichts, sie ist nirgends zu finden."

Betretenes Schweigen.

„Liebe gnädige Frau", beginnt der Richter wieder.

„Wir haben festgestellt, dass es Gift gewesen sein muss, das Euren Gatten, Gott hab ihn selig, getötet hat, und uns Gedanken darüber gemacht, wer sich hier in der Gegend mit Kräutern und Giften auskennt, nachdem Kräutergrete gestorben ist!"

Oh Gott, denkt Frau von Eden, *sollte Babette doch Recht behalten mit ihrem Verdacht gegen Amina? Das hätte ich ihr nicht zugetraut, aber wer kann schon die Gedanken der Menschen lesen.*

„Ich bin so durcheinander. Ich weiß nicht, was ich denken soll", erwidert sie hilflos.

„Gnädige Frau, wir müssen an alles denken. Wir dachten uns, bevor wir meine Schergen herumschicken, sollten sie Amina befragen. Das geht nun nicht, wie Ihr uns gerade gesagt habt. Also muss sie in die Suche mit einbezogen werden. Aber wo anfangen? Sie müssen viele Menschen in der Gegend hier aufsuchen und befragen. Sie kennen sich aus, wie Ihr wisst. Ich habe meine fähigsten Männer ausgesucht, den Xaver und den Hans, die haben die größte Erfahrung."

Der Richter blickt in die Runde. Alle Anwesenden scheinen auf etwas zu warten. Aufmerksam und forschend schaut der Medicus Frau von Eden an. Es ist

gut, dass es so dämmerig im Salon ist, da sind die Gefühle auf den Gesichtern nicht so gut zu erkennen. Die schweren Gardinen sind halb zugezogen, Kerzen brennen, die fahlen Gesichter der Frauen scheinen zu schweben. Er kennt die Familiengeschichte sehr gut und verehrt, ja liebt Maria von Eden, seit er sie als junger Bursche gesehen hat. Und später, als fertiger Arzt, hat er die ganze Familie behandelt, er hat nie geheiratet. Sie war immer seine Traumfrau, keine andere Frau hat ihn jemals locken können, natürlich blieb sie unerreichbar für ihn. Seiner heimlichen Zuneigung war es nicht vergönnt, sie zu leben. Er kennt ihre Schwächeanfälle wegen der Kapriolen ihres Mannes. Wie schwer war es da, seine Liebe zu verbergen. Seine Handküsse musste er zügeln, um seine unveränderten Gefühle zu verbergen.
Arme Anna, sie war so oft betroffen und musste der Mutter beistehen. Ein schweres Schicksal für so eine junge Tochter.

Maria antwortet Richter Siebenhaar:
„Ich will es hoffen, Herr Richter, dass Eure Schergen ihr Bestes geben werden. Mein Gemahl soll in der Gruft der von Edens bestattet werden, auf dem Gottesacker in Hörstein und nicht wie ein Verdammter unter einem Sühnekreuz. Ach, hoffentlich kann alles bald aufgeklärt werden!"
Der Medicus beginnt:
„Gnädige Frau, die Anzeichen, dass Euer Gemahl vergiftet wurde, sind überdeutlich, ich sehe es an seiner Hautfarbe, der Zunge, den Augen."
„Also doch vergiftet?", stößt Maria hervor und schluchzt laut. Stockend spricht sie:
„Wie oft habe ich ihm gesagt, treib es nicht zu bunt, es wird sich eines Tages rächen, wie du mit den Leuten umgehst. Er hat nur gesagt: ‚Kümmere dich um dich

selbst und deine Tochter, Frau, lass mich meine Männersachen machen.'

„Mit wem hatte er denn Umgang, gnädige Frau?", wirft der Richter ein. Sie zählt die Kumpane auf, den Glasenapp, den Hirzbach, den Gehlen und Dietrich von Traben. Der Richter notiert die Namen.

„Meine Schergen werden Euch noch befragen müssen, gnädige Frau, so Leid es mir tut."

Sie nickt und fährt fort:

„Die sind alle aus einem Holz geschnitzt, nur der Dietrich, der hat sich erstmal nicht hineinziehen lassen in ihr Tun, der hat vorher ernsthaft studiert, bevor er ihnen gefolgt ist. Selbst in den Kriegszeiten konnten sie nicht stillhalten. Gott sei dem Meinen gnädig, heißt es nicht, am Ende wird alles vergeben?"

„So ist es, gnädige Frau", stimmt der Richter zu. Ignaz und Leupold nicken und murmeln „Amen" und schlagen ein Kreuz.

„Wie lange, denkt Ihr, wird die Suche dauern?", fragt Maria.

„Wir hoffen, wir werden den Schuldigen schnell finden. Dann kann Ihr Gemahl die ewige Ruhe in der Familiengruft finden."

„Auch wir werden uns unauffällig umhören, gleich morgen früh fangen wir an. Wir haben es so mit dem Richter verabredet", wirft Ignaz ein, „wenn's recht ist."

„Jede Hilfe ist willkommen, und Eure klaren Augen haben vielleicht einen anderen Blick hier auf unser Kirchspiel, als die, die alles zu kennen meinen", erwidert Maria von Eden dankbar. Ich möchte die Beerdigung so bald wie möglich haben. Er soll seine Ruhe haben. Barthel wird sich erkundigen, wer ihn transportieren kann, um ihn in der Gruft beizusetzen. So wird er mit der Familie vereint sein. Nun bitte ich Sie, mich zu entschuldigen. Vielen Dank, meine Herren, ich bin so müde."

„Bitte haltet Euch morgen bereit, gnädige Frau!"

bereitet der Richter sie auf die Befragung der Schergen vor.

Sie nickt und entlässt damit die Gesellschaft.

9. Kapitel

Amina in Seligenstadt

Der Kahn knirscht auf dem seichten Grund am Ufer des Mains. „Wir sind da", teilt der Fährmann mit und stützt sich auf seinen Stecken. Die Dämmerung sinkt rasch nieder.

„Danke, Fährmann, Gott vergelt's", erwidert Amina und springt auf den feuchten Sand. *Wie gut, dass es schon dunkelt*, denkt Amina, *so bleibe ich besser in der Stadt verborgen. So schnell werden sie mich nicht suchen können, ich habe einen kleinen Vorsprung, jetzt, wo es bald Nacht ist. Aber beeilen muss ich mich, bald ist es ja ganz dunkel, da dürfen wir nicht auf den Straßen sein.*

Sinnend schaut der Fährmann ihr nach. Diesen seltsamen Jungen mit seiner dunklen Haut hat er hier noch nie gesehen, er kennt seine Leute, die er über den Main fährt. Amina atmet tief durch, reckt sich ein wenig in den Schultern, der Weg durch den dichten Wald war beschwerlich genug. Aber dort hat sie sich beschützt gefühlt. Hier in der fremden Stadt darf sie keine Sekunde unachtsam sein. Ihr Vater hat es ihr schon als kleines Mädchen beigebracht. „*Denk immer daran, wir fallen auf, wir ziehen die Blicke an, vergiss es niemals!*" Wie Recht er hatte. Sie hört seine Stimme, als hätte er es gerade eben gesagt. *Oh Papa, steh' mir bei, lass mich nie los.* Und wieder steigen die Tränen auf. Verstohlen blickt sie sich immer wieder um. Einige Fischer, die ihre Netze am Ufer geflickt haben, packen sie jetzt neben den hochgezogenen Kähnen zusammen. Es ist eine Arbeit, die nie ein Ende nimmt. Sie blicken nur kurz hoch in ihre Richtung und machen weiter. Langsam geht sie geradeaus an der hohen Mauer der Abtei entlang. Die beiden emporragenden Türme der Basilika recken sich wie zwei Finger hoch in den Himmel. Auf der anderen Straßenseite stehen die starken Grundmauern der Häuser fest verankert im Boden, die geschwärzten Mauern entstellen sie hässlich. Brandschatzung! Ausplünderung! Sie erinnert sich an die Erzählungen von vorbeikommenden Besuchern im Gutshof. Das Reden des Gesindes in der Küche. Die Flucht der Seligenstädter Bürger vor den marodierenden Soldaten. Die Beschlagnahme der Abtei. *Was denke ich eigentlich, kann ich wirklich hoffen, dort Unterschlupf zu finden?* Einige Ruinen erkennt sie, halb niedergebrannte Häuser, die damals noch standen, als sie mit Kräutergrete die Stadt aufsuchte. Liebevoll erinnert sie sich an sie, die sie aufgenommen hatte, ohne viel zu fragen, als sie abgemagert und müde von ihrer langen Wanderschaft durch Osteuropa auf der Flucht vor den Räubern und Mördern ihres Vaters in ihrer kleinen Hütte am Rande des Waldes in Hörstein eine Unterkunft fand. Kräutergrete war es auch, die ihr riet, bei Frau von Eden anzufangen, als diese eine Hilfe suchte. Bald darauf musste sie sterben.

Die wenigen Frauen, die nach Hause eilen, tragen graue, oft zerrissene Kleidung. Verhärmte Gesichter mit eingefallenen Augen schauen unter den Hauben hervor. Hinter ihnen stolpern magere Kinder in Lumpen. *Was soll ich bloß machen?* überlegt sie jetzt, *mich gleich den Mönchen zu erkennen geben? Die waren immer freundlich zu uns, wenn wir sie aufsuchten. Hoffentlich erinnern sie sich an mich, jetzt, wo ich als Junge erscheine.* Sie greift sich an ihr kurzes Haar, blickt sich wieder um. Eine bleierne Stimmung liegt über der kleinen Stadt. Sie schaudert, Unrat überall, streunende Hunde mit eingekniffenem Schwanz auf der Suche nach etwas zu beißen. Der Turm an der Stadtbefestigung erscheint ihr drohend und abweisend. Sie blickt hoch, niemand scheint hinter den Sehschlitzen zu sitzen.

„Wohin, Junge?", hört sie in diesem Augenblick und zuckt leicht zusammen. *Pass auf, Amina,* ermahnt sie sich, *lass dir deine Angst nicht anmerken.* Da steht ein kräftiger dunkelhaariger Wächter wie aus dem Boden gewachsen plötzlich vor ihr, reckt drohend die Hellebarde und blickt sie unter buschigen Augenbrauen forschend an.

Auch das noch, was sage ich jetzt bloß? An die Wächter habe ich gar nicht mehr gedacht, so schnell, wie ich fliehen musste.

"Ich bin auf der Durchreise nach Mainz, will nur eine kurze Rast hier halten", erwidert sie.

„Und wo?"

„Bei der Buchhändlerin im französischen Viertel."

„Bist auch einer von den Flüchtlingen aus dem Frankenland?"

Sie antwortet nicht.

„Na, wird's bald, antworte! Woher kommst?"

„Ach, wisst Ihr, ich habe meine kranke Muhme besucht in Mühlheim, bin jetzt auf der Rückreise."

Sie wartet ab, was er sagt. Er starrt sie an, sie starrt zurück, das kann sie ja, jetzt als Junge, da muss sie nicht züchtig tun wie die Mädchen und Frauen, oh, Gott sei

Dank, er fragt nicht weiter, macht eine Handbewegung, dass sie hineingehen kann.

„Danke, Herr", murmelt sie und eilt voran. *Bloß schnell weg hier.* Vor der Kirche hält sie kurz inne. Eine Frau mit Körben kommt ihr entgegen, sie nickt zum Gruß. Die Frau blickt ihr nach, *wer mag das so spät noch sein?* Fremde erkennt man gleich. Man kennt sich untereinander. Der Weg ist glitschig, feuchter Kehricht überall, dazwischen kantige Steine zur Befestigung in den morastigen Untergrund gehauen. Sie geht vorsichtig weiter an der Mauer entlang, schaut aus den Augenwinkeln, ob jemand sie sieht, bleibt vor dem schweren braunen Tor stehen, es ist verschlossen, wie immer. Sie reckt die Schultern nach hinten, hebt den Kopf ein wenig, nicht zu viel, eine Mischung von Furchtlosigkeit und Demut ist angebracht, schaut durch die dunklen schmalen Schlitze im Wächterhäuschen, erkennt nichts, nimmt allen Mut zusammen und klopft. Wartet. Nichts. Endlich öffnet sich eine Klappe im Häuschen, ein runder Kopf mit Tonsur erscheint, braune Augen in einem jungen Gesicht blicken sie an. Amina bringt ihr Gesicht näher an die Schlitze und flüstert:

„Bitte öffnet, lasst mich ein, ich bin in Not, kennt Ihr mich noch, ich bin Amina, die immer mit Kräutergrete herkam, früher." Huscht ein Erkennen über sein Gesicht? Sein Mund öffnet und schließt sich gleich wieder, dann fragte er ungläubig:

„Amina? Kräutergrete? Ich habe gehört, dass Kräutergrete gestorben ist. Wie kommst du hierher?"

„Bitte, lasst mich ein, bitte", fleht sie, „dann erzähle ich Euch alles."

Die Klappe schließt sich, ein Schlüssel dreht sich, sie schlüpft durch den schmalen Durchlass in den Klosterhof.

Teil 2

10. Kapitel

Nachts im Buchenhof

Bastian wälzt sich schlaflos auf seinem Strohsack. Schweißperlen stehen auf seiner Stirn. Träume haben ihn gequält, in denen er wieder mit dem Bauerntross durch die Felder marschierte. Plötzlich stand Arnulf von Eden vor ihm mit verzerrten Gesichtszügen und drohte mit dem Schwertarm. Dann war er aufgewacht. Martha neben ihm atmet ruhig und gleichmäßig. Das Mondlicht fällt durch einen Spalt im Holzladen. Er stützt sich auf seinen Ellenbogen, schaut auf seine Frau. Ihr Bauch wölbt sich unter der Decke. Sein Kind, sein Erbe. *Er soll es einmal besser haben als er. Eine neue Zeit wird anbrechen, wenn erstmal der verdammte Krieg ein Ende haben wird. Und die Bauern werden sich nicht mehr alles gefallen lassen von ihren Herren. Von Herren wie diesem verhassten Arnulf.* Schweiß bricht ihm aus, wenn er daran denkt, wie dieser ihn so oft gedemütigt hat. Martha dreht sich zur Seite, schlägt die Augen auf, blickt ihn an.

„Was ist, Bastian, kannst du nicht schlafen? Denkst du an das Unglück?"

„Du meinst das Glück, dass dieser Verbrecher endlich die Augen für immer geschlossen hat?"

„Es ist aber nicht mit rechten Dingen zugegangen, Bastian. Wieso wird er auf einmal tot im Stall gefunden? Der war nicht krank, der war stark und gesund."

„Zu viel Zeit hat er gehabt, die Knechte und uns für ihn schuften zu lassen, damit er sich den Wanst vollschlagen und auf Festen vergnügen konnte."

„Es wird schrecklich werden, der Richter wird seine Schergen überall herumschnüffeln lassen, du weißt, die sind gefährlich. Die tun immer so heilig und versuchen trotzdem, ihre Schäfchen ins Trockene zu bringen. Denen kann man nicht trauen. Die werden auch hierherkommen und versuchen, sich hier zu bereichern. Ich habe Angst, Bastian."

„Wovor denn, Martha, ich bin doch bei dir."

„Mir ist unheimlich, Bastian, dieser plötzliche Tod des Herrn, das verheißt nichts Gutes. Ich war froh, dass es einigermaßen friedlich war. Auch wenn die Aufständ' der Bauern, unserer Brüder, schon lange vorbei sind, ist niemand zufrieden. Die meisten werden noch immer drangsaliert von den Herrschaften. Wir haben es da besser getroffen. Wir sind unserer täglichen Arbeit ehrlich nachgekommen. Schwer genug ist's doch, alles hier zu schaffen. Ich kann ja nicht mehr viel machen, das Kind drückt mich schon so."

Zärtlich streichelt er Marthas Brust und ihren Bauch. Hitze überflutet ihn, er drängt sich an sie, umarmt sie fest.

„Ach, Bastian", seufzt sie, „streichle mich, halt mich fest."

Sie dreht sich zu ihm, küsst ihn, fühlt seine Stärke.

„Unser Kind bewegt sich schon so viel", flüstert sie, „niemand kann es uns nehmen, hat so lange gedauert, bis es so weit war."

„Schlaf jetzt, Martha, es wird alles gut", flüstert er, liebkost sie überall. Sie stöhnt und erwidert seine Zärtlichkeiten. „Du bist so rücksichtsvoll, Bastian, ich liebe dich so sehr!"

„Ohne dich kann ich nicht leben, Martha, du bist mein Geschenk", murmelt er, während er ihre Wärme spürt.

„Wie kann ich schlafen, wenn du mich so umarmst, mein Liebster?" Sie drückt seinen Kopf fester an ihre Brust. „Ach, Bastian…"

Sie klammert sich an ihn, sie unterdrückt die Tränen, die plötzlich kommen wollen, *diese dummen Tränen*. Seit sie schwanger ist, weint sie so leicht und unerwartet, dann, wenn sie es gar nicht will.

Bastian kann nicht einschlafen, er ist zu aufgewühlt. Die Liebe zu Martha bringt ihm Erinnerungen zurück, die er immer wieder unterdrücken möchte. Erinnerungen an die Hochzeit seines Bruders Roland. Er starrt an die schwere Balkendecke. Immer die gleichen Szenen quälen und verfolgen ihn. Zitternd liegt er auf dem Strohsack, weint und steht dann auf, um in der Küche einen Becher Wasser zu trinken, um die enge Kehle zu befeuchten. Lehnt sich gegen die Wand, findet dann den Weg zurück auf den Strohsack und hält Martha in seinem Arm.

11. Kapitel

Spurensuche 1

„Immer hat dieser Eden uns das Leben schwer gemacht, und jetzt wo er tot ist, haben wir die Scherereien auch noch", beschwert sich Xaver bei Hans.

„Is mir scheißegal, ob der jetzt verreckt is oder nich, weg isser, gut is. Der war bestimmt wieder im ‚Ochsen', da säuft er doch immer bis zum Morgen mit den anderen Nichtsnutzen, dem Glasenapp und wie sie alle heißen. Ausgerechnet uns muss der Scharfrichter aussuchen, der Josef und der Jakob sind auch noch da."

„Die kommen auch noch dran, wir werden viel zu tun haben, die müssen das Mädchen, die Fremde, die Schwatte, suchen, sie wird vermisst. Was das wohl zu bedeuten hat. Weiß der Teufel, wohin die gegangen is."

Missmutig stapft Xaver neben seinem Schergenkameraden Hans auf der unebenen Straße.

Das Gasthaus ‚Zum Ochsen' liegt abseits am Ortsanfang. Quiekende Schweine rennen über den Hof, eine Magd schleppt zwei Eimer Wasser zum Stall.

„He, Gustl, ist der Wirt zu sprechen?", ruft Hans sie an. Sie nickt und deutet mit dem Kopf in Richtung Gaststube.

„Da drin isser", brummelt sie.

„Kannst ruhig etwas freundlicher sein", sagt er und zwickt sie in die Wange.

„Lasst mich, Ihr könnt Euch nicht alles erlauben, auch wenn ich nur eine einfache Magd bin!", versetzt sie und schlägt ihm auf die Hand.

„Zier dich nicht, hast es ja sonst ganz gern!", erwidert er und drückt ein Auge zu.

Sie macht sich eilig davon. *Immer das gleiche mit den Männern*, denkt sie wütend, *dem werd ich es noch zeigen.*

Hans stößt die dicke Eichentür auf, sie klopfen auf einen der Tische.

„Ochsenwirt, Gott zum Gruße."

„Was gibt's?", knurrt der Wirt unwillig und fährt fort, mit einem Tuch die Krüge trocken zu wischen.

„Wenn Ihr Euch sehen lasst, bedeutet das nichts Gutes."

„Wieso, wenn Ihr eine saubere Weste habt, steht nichts zu befürchten. Es heißt, der Eden war hier, vorgestern, stimmt das?" „So oft wie der hier ist, da weiß ich nicht, an welchen Tagen, wird schon so gewesen sein."

„Habt Ihr's net gehört? Den Eden hat's gerissen, der liegt jetzt stumm im Totenhaus und immer noch haben wir die Plag' mit dem." Xaver stößt ihn in die Seite, sie sollen doch keine Informationen geben, *dieser Hans ist auch zu dumm, gleich wird das ganze Dorf es wissen.*

Hans schaut den Ochsenwirt aufmerksam an. Der kneift die Augen zusammen.

„Was sagt Ihr da, der Eden?"

„Ja, der, wir haben ja nur einen, und jetzt keinen mehr. Ihr habt's schon richtig gehört."

Der Wirt nickt, sein Mundwinkel zuckt leicht, die Augen blitzen, er sagt aber nichts mehr.

„Also, wann war er zuletzt hier?", fragt Hans lauernd und fixiert den Wirt.

„Der war immer hier und die anderen feinen Herren auch, die können was schlucken, gut ist's, da kommt was in die Geldkatz, wenig g'nug ist's in diesen Zeiten und oft zahlen sie gar nicht."

„Also, wann?", fragt Xaver, „raus damit!"

„Nur mit der Ruhe, lasst mich nachdenken."

Er schiebt die schwarze Filzmütze hoch, kratzt sich den breiten grauen Schädel und zerknackt eine Laus zwischen den schwarz geränderten Nägeln, wischt sich die Hand an der Hose ab.

„Dienstagabend, ja, gegen zehn Uhr abends kamen sie, der Eden und der Hirzbach. Die ganze Zeit haben die leise geredet, so als ob sie wieder was aushecken, später haben sie sogar noch Tarock gespielt, dann haben sie angefangen zu trinken, wie immer, ein Bier nach dem anderen, von dem braunen. Die können ja nie ein Ende finden und unsereins kann nicht schlafen gehen. Weit nach Mitternacht sind sie dann fortgeritten."

„Warum nicht gleich so, das ist doch eine Aussage. Also der Hirzbach, den müssen wir noch aufsuchen", wendet Hans sich an Xaver. Der seufzt und nickt. Die Tür geht auf.

„Ah, Klas, was tust du hier um diese Zeit, kannst net schlafe?", begrüßt der Ochsenwirt den eintretenden Bärenklas. Aus dem hageren Gesicht unter der Kappe schauen müde Augen unter schweren Lidern.

„Gib mir ein kleines Braunes!", erwidert der Angesprochene und lässt sich auf den nächsten Stuhl fallen. Mit halbgeschlossenen Augen fixiert er die beiden Schergen.

„Und, Klas, wagst dich am helllichten Tag unter uns brave Leut?", spricht Xaver ihn an.

„Was meinst?"

„Du weißt schon, zeig mal, was du unter deiner Jacke trägst!" Und im nächsten Augenblick macht er einen Schritt zum Bärenklas und will ihm schon an die Jacke langen.

„Was fällt dir ein? Wir haben auch Rechte, da findst nix."

„Mach sie auf!", befiehlt Xaver.

„Na, na, auf welcher Seite steht Ihr?" mischt sich der Wirt ein, „doch wohl auf unserer und nicht auf der der Herrschenden?"

„Wir schauen nach dem, was rechtens ist, also zeig schon!"

Bärenklas öffnet die Jacke, da ist nichts. Den Hasen hat er vorher schon in der Scheune versteckt, da ist er erst mal sicher, er kennt die Schnüffler gut genug und weiß, dass sie überall anzutreffen sind. Und ganz besonders an diesem Morgen. Ihm entgeht so schnell nichts.

„Wir kriegen dich schon noch, diesmal hast du Glück gehabt, aber wart's ab, wir wissen Bescheid."

„Komm, Hans, wir gehen, wir haben noch viel zu tun. Wir kommen wieder, Wirt! Und kein Wort von unserer Unterhaltung zu Besuchern, hörst?"

Der Wirt grinst breit und nickt und trocknet weiter seine Gläser ab.

Sie stehen sie auf und verlassen die Gaststube. Kaum sind sie draußen, stecken der Wirt und Bärenklas die Köpfe zusammen.

12. Kapitel

Marcos Plan

Mit zusammengezogenen Brauen schaut Marco sich um. Zehn Monate war das kleine Gartenhaus sein Zuhause. In dieser Zeit ist so viel geschehen. Er hat die Familie von Eden besser kennengelernt durch das Malen von Porträts. Aber nun ist es Zeit, diesen Ort zu verlassen. Die Entscheidung ist ihm leicht gefallen. Von Anfang an hat er das Böse hier gespürt, obwohl er höflich behandelt wurde. Immer gab es eine gewisse Unruhe in der Atmosphäre. Er konnte sie nie so recht fassen, doch wenn er den Herrn im Galopp in den Hof preschen sah, dass die Hühner auseinanderstoben, wenn er seine ungeduldigen Rufe nach dem Personal hörte, fühlte er sich immer unwohl. Er würde hier nichts vermissen, wenn er fortging. Amina war die Einzige, die ihm hier wichtig war. Und nun war sie weg, ohne ihn fortgegangen. *Ich kann sie in dieser verwüsteten, gefährlichen Welt nicht sich selbst überlassen. Nicht auszudenken, was ihr alles geschehen könnte. Diese grausamen Zeiten des Krieges. Gustav Adolfs Soldaten sind überall zu finden, das Heer wälzt sich wie ein endlos langes Ungeheuer durchs Land. Und dazu kommen die Räuber in den Wäldern, dann Flüchtlinge und Hoffnungslose, die alles verloren haben. Dieser fürchterliche Krieg, er zermalmt fast jedes Leben. Nirgendwo jemand, dem man trauen könnte. Und alles wegen der Religion. Es gibt doch nur einen Gott oben. Ob der sich wohl das Gemetzel anschaut, das die Menschen hier auf Erden anrichten? Er will es ganz gewiss nicht, dass sie sich umbringen. Wofür? Dieses arme kurze Leben, das wir haben, sollen wir auch noch in Sorgen, Hunger und Angst verbringen. Die*

Kriegsherren, denen geht es gut, die haben alles und leiden keine Not. Und wenn ihnen das Geld ausgeht, erhöhen sie einfach die Abgaben und pressen rücksichtslos noch die letzten Groschen aus den armen Bauern und Tagelöhnern, die selbst nichts haben. Und die Kirchenpfründe, die Menschen hungern und sollen der Kirche noch Geld geben, damit die Pfaffen fetter und fetter werden. Die Kirche hat genug Geld und Macht über die Menschen. Den letzten Kreutzer zwingen sie den Menschen aus den Taschen und gaukeln ihnen vor, dafür kommen sie in den Himmel. Wie viele Kinder sind wohl schon gestorben, weil die Mütter sie nicht füttern können? Schon vierzehn Jahre geht das so. Wie lange wohl noch? Es ist Zeit, dass ich dieses unselige Land verlasse.

Meine Arbeit hier ist beendet, das letzte Bild male ich nicht mehr. Meinen Auftraggeber gibt es nicht mehr. Soll doch ein anderer den Herrn aus dem Gedächtnis malen. Ich ziehe weiter. Amina wird mich begleiten, sie ist eine Fahrende wie ich, wir haben Wanderblut. Sie ist jung und stark, sie scheut das Reisen nicht. Sie fehlt mir schon jetzt, ich kann ihr nur helfen, wenn ich bei ihr bin. Besser ist es zu zweit in diesen Zeiten. Ein Leben ohne sie kann ich mir nicht mehr vorstellen. Wir passen zusammen. Mit ihrem Lachen und Tanzen muntert sie mich immer auf. Sie ist so ganz anders als die anderen hier, die meistens so düster dreinblicken.

Unentwegt denkt er an sie, er packt seine zwei Bündel, eins mit den Malutensilien, das andere mit seiner Kleidung und dem, was er sonst so braucht. Die Staffelei nimmt er auseinander und bindet sie zusammen.

In den zehn Monaten haben sie ihn gut behandelt und auch für die beiden Bilder entlohnt, was in diesen Zeiten nicht selbstverständlich ist. Viele Maler sind in den Kriegszeiten nach Holland gegangen. *Vielleicht sollte ich mit Amina auch nach Holland gehen, bevor wir nach Venedig weiterziehen. Der Weg über die Alpen in den Winter hinein ist schwer. Wir sollten lieber hier in der Ebene überwintern. Quer durch das Land zu reisen ist gefährlich. Wir gehen dann in die Sonne, wenn der Frühling kommt, erst nach Genua, vielleicht finden wir in Rotterdam ein Schiff, das uns mitnimmt. Von Amsterdam nach Rotterdam, das schaffen wir schon. Dann nach Genua und danach Venedig. Jede Minute, die ich noch in diesem verfluchten Ort verbringe, wirft mich zurück. Es war ja auszuhalten, bis auf die Dunkelheit und Kälte, aber dieser Mord an dem Herrn? Es ist das Zeichen, zu gehen. Leicht wird's nicht, sich durchzuschlagen, aber das haben schon andere geschafft, auf geht's. Das Schwerste kommt noch, wie sag ich's Frau von Eden? Ich werde ihr die Skizzen bringen und mich verabschieden.*

Er stützt seine Hände in die Seiten und blickt prüfend um sich. Die Haare hat er im Nacken zu einem Schwanz zusammengebunden. Die schwarze Leinenhose betont seine schmalen Hüften, das weiße Leinenhemd steht ihm gut zu seiner gebräunten Haut. Mit der dunkelroten Filzweste und den silbernen Verzierungen aus geflochtener Kordel kann er sich überall sehen lassen. Er ist bereit.

13. Kapitel

Spurensuche 2

„Komm", fordert Ignaz Leupold auf, „ein kleiner Spaziergang wird uns guttun. Das ruhige Wetter lädt dazu ein, lass uns mal die Gegend betrachten. Wir sind da in eine ganz schön komplizierte Sache geraten, was meinst?"

„Das kannst du wohl sagen, als ob wir nicht schon genug auszuhalten haben."

„Es ist Gottes Wille. Er hat uns hierhergeführt, warum, wissen wir nicht. Seine Gedanken bleiben unergründlich."

Die Wächter öffnen ihnen das Tor, sie folgen einer schattigen Platanenallee. Vereinzelt hängen schon gelbe Blätter an den Bäumen. Bald wenden sie sich nach links, wo ein Waldstück beginnt.

„Von hier sind wir nicht gekommen, wohin es da wohl geht."

„Wir werden es gleich sehen, lass uns weitergehen."

Ihre braunen Kutten werden zu einem Teil der Landschaft. Ruhig geht Ignaz voran, schaut in die Weite, dann wieder auf den Boden. Leupold spricht ein Gebet für sich. Rechts liegen jetzt Koppeln, vereinzelt grasen ein paar Schafe. Frühe kleine Äpfel hängen an verstreuten Apfelbäumen. Bald nimmt der Wald sie wieder auf.

„Schau, da vorn, eine Frau!", flüstert Ignaz.

Sie verstecken sich jeder hinter einem Baum.

„Es ist eine Bauersfrau, so wie sie aussieht. Und sie ist guter Hoffnung", flüstert Leupold.

Martha geht langsam. Sie hat ein braunes Tuch um sich gezogen, nun setzt sie sich auf einen umgefallenen Baumstamm, um sich etwas auszuruhen. Ein Kuckuck ruft, sie zählt die Rufe, vierundzwanzigmal, *eine heilige Zahl, zweimal zwölf, das kann nur etwas Gutes bedeuten.* Sie blickt sich um, alles ist still, sie sieht niemanden. Hier im Wald fühlt sie sich sicher, die Gedanken klären sich, sie hat keine Angst. Hier ist sie groß geworden, *Gott steht mir immer bei,* denkt sie, *der Weg zur Kapelle ist heilig, auch die Herrin nimmt ihn oft und hat keine Angst. Trotzdem, irgendetwas ist jetzt anders, ganz anders, seit gestern, seit der schlimmen Nachricht.* Sie streicht über ihren Bauch, erhebt sich und geht weiter, zurück nach Hause.

Ignaz und Leupold warten, bis sie Martha nicht mehr sehen. „Schau, Ignaz, dahinten, siehst du, wie es weiß durch die Bäume schimmert? Schau, da nach links. Es könnte eine Kapelle sein. Vielleicht war die Frau dort. Komm, lass uns nachschauen."

Ignaz nickt und bald stehen sie vor der kleinen Waldkapelle. Weiß gestrichen ist sie, die Eingangstür braun mit einem Messinggriff, alles ist schlicht gehalten. Leupold drückt den Griff herunter, die Tür ist offen, sie treten ein. Dämmriges Licht fällt auf geschnitztes Holzgestühl, über dem Altar hängt ein hölzernes Kruzifix mit einem Jesus, der nicht, wie sonst oft zu sehen, niedergeschlagene Augen hat, sondern sie anzuschauen scheint. Sie beugen die Knie im Mittelgang, blicken sich um, setzen sich nebeneinander in eine Bank und beten still. Als Ignaz aufblickt treffen ihn die Augen der Jesusfigur. *Hat Jesus mir nicht zugenickt? Ich habe es gesehen, es war deutlich wenn auch unmerklich. Es ist ein Zeichen, ein Zeichen vom Himmel. Danke Jesus, danke, ich ergebe ich dem Willen des Vaters. Bitte steh' uns bei.* Und er bekreuzigt sich.

„Leupold, lass uns den Buchenhof suchen, von dem alle hier reden. Ich habe irgendwie das Gefühl, dass die Frau dahin gehört, die wir gesehen haben. Es wird nicht weit sein. Vielleicht ist es die Martha, von der Hannah gesprochen hat, vom Buchenhof."

Fragend schaut Leupold ihn an.

„Wie kommst du darauf?"

„Ach, ich weiß nicht, irgendein Gefühl sagt es mir, dass wir da mal hingehen sollten."

„Warum? Was denkst du?"

„Komm, gehen wir", antwortet Ignaz.

Im Buchenhof

„Wir bekommen Besuch, Martha, zwei Wanderer!" Bastian und Martha sitzen am Tisch, er sieht die beiden durchs Fenster. „Oh, es sind Mönche. Was die wohl hierherbringt?"

Da klopft es schon.

Bastian erhebt sich und öffnet die Tür, er grüßt sie

„Tretet ein, seid willkommen!" Leupold und Ignaz folgen der Aufforderung, stellen sich vor. Unter niedrigen geschwärzten Balken sehen sie Martha am blankgescheuerten Holztisch sitzen. *Die Frau aus dem Wald* denken beide. Die Sonne strahlt durchs Fenster und lässt Marthas braunes Haar aufleuchten. *Ja, sie ist es, die wir vorhin gesehen haben.*

„Seid willkommen, Gottesmänner", wiederholt Bastian und und zeigt auf die Holzstühle. „Bitte, setzt Euch!" *Irgendwie freut es mich, dass die beiden hier sind, sie strahlen etwas Ruhiges und Tröstliches aus, ich weiß nicht warum.*

„Was führt Euch hierher?", erkundigt er sich.

„Oh, wir vertreten uns ein wenig die Füße, schauen

uns mal die Gegend an, wir sind gestern gekommen und wollen weiter nach Seligenstadt. Wann, wissen wir noch nicht genau", antwortet Ignaz vage.

Ah, denkt Bastian, *sie wissen also Bescheid. Wo sie wohl untergekommen sind.* Prüfend schaut er sie an. „Und wo habt Ihr geschlafen?"

„Oh, die freundliche Gutsherrin hat uns eingeladen bei ihr zu übernachten. Wir sind sehr dankbar." Dann wendet Leupold sich an Martha.

„Wie ist Euer Befinden? „Wann ist es soweit mit der Niederkunft? Kommt Ihr noch zurecht mit der Arbeit?"

„Sie tut, was sie kann", antwortet Bastian für sie, „leicht ist es nicht, wir haben nur einen Knecht und der kommt nicht jeden Tag. Manchmal hilft der Dolf vom Gutshof aus." *Ob sie wohl schon Bescheid wissen was der Familie geschehen ist?*

Er holt eine Flasche vom Regal und zwei Becher. „Mögt Ihr von unserem Wein probieren?

Wir haben ein paar Rebstöcke, die geben etwas her."

Er füllt die goldfarbene Flüssigkeit in die Becher.

„Ja, gern", antwortet Ignaz für beide, und Leupold fügt hinzu: „Wir haben lange nicht so etwas Gutes bekommen."

„Danke!" Sie erheben die Becher. „Auf Euer Wohl und besonders auf Eure Gemahlin!"

Sie nicken sich zu.

„Ein wunderbarer Tropfen", bemerkt Ignaz nach dem ersten Schluck, „so einen bekommt man nicht oft."

„Wenn Ihr schon den Weg zu uns findet, sollt Ihr probieren, was die Erde hier hergibt", erwidert Bastian. Sie trinken, nur Martha nicht.

Bastian holt tief Luft.

„Gibt es etwas Neues?" fragt er nun. Ignaz und Leupold schauen sich an, Ignaz holt tief Luft, *ich werde es sagen,* dann antwortet er vorsichtig: „Es gibt schlechte Nachrichten. Sie betreffen den Gutsherrn. Es ist ein Todesfall.

„Also stimmt es", erwidert Bastian.

„Ja, es stimmt, was ihr gehört haben müßt."

Bastian schweigt, atmet tief ein. Er legt seinen Arm um Martha

„Was hast du, Martha, du bist so blass plötzlich, geh und leg dich lieber hin! Komm, ich begleite dich!"

Martha nickt. „Entschuldigt mich!" Fast flüstert sie. Bastian steht auf und stützt Martha. Er bringt sie zur Kammer. Sie legt sich auf den Strohsack, ihr Atem geht stoßweise, langsam kommt sie zur Ruhe. *Wie gut es tut, sich zu strecken. Sie fühlt die Kindsbewegungen. Ein gesundes kräftiges Kind wird es sein, stark wie der Vater.* Sie schließt die Augen und zieht die graue Filzdecke über sich.

Bilder überfluten sie. Sie zittert, als ob die Februarkälte wie damals in der Scheune sie wieder umhüllt. Sie gleitet in einen Wachtraum. *Ihr ist, als ob es gestern war, als sie spätnachmittags nach den kleinen Katzen schauen will, die gerade geboren wurden. „Miez, Miez, Miez", lockt sie. Die hölzerne Schale mit der Milch für die Katzenmutter hält sie in der Hand. Sie hört eine dunkle Männerstimme:*

„Miez Miez, Miez, du Süße, hier ist Miez!"

Die Holzschale wird ihr aus der Hand genommen, auf den Boden gestellt, wobei ihre Hand wie in einem Schraubstock von der kräftigen Männerhand gepresst wird, ein Arm umfängt ihren warmen Körper, presst sie an sich, sie hört sein Stöhnen, er fährt ihr mit der Hand ins Haar, über den Nacken und die Schultern am Körper entlang, und während er sie so abtastet, schiebt er sie auf den Heuberg zu, im Fallen hält er sie und wirft sich dann auf sie, reißt ihr Mieder auf, zieht sich die Hose herunter, ihren Rock hoch und findet den Weg. Er hält ihr eine Hand auf den Mund,

„Schrei nicht, es nützt dir nichts, ich werd' sagen, du hast mich gerufen, du willst mich ja schon lange, deiner schafft's ja nicht, dich zu schwängern."

Sie stöhnt, kann nicht schreien und ergibt sich dann. *Wer kann schon gegen den Herrn aufbegehren?*

„Du willst es doch besorgt haben, ihr Weiber seid doch alle gleich, ich zeig's dir, was dein Herr kann, und wehe ein Wort von dir, ihr werdet erledigt sein, du und dein Mann."

Nachdem er sie gnadenlos gestoßen hat, wälzt er sich ächzend auf die Seite, steht auf, zieht sich an und geht.

Dieselben Gefühle wie damals überfluten sie jetzt, als sie sich erinnert, *denselben Schmerz, Abscheu, Hass fühlt sie, sogar den Wunsch ihn zu töten und jetzt die Genugtuung, dass er tatsächlich tot ist.*

Nie darf Bastian erfahren, was geschehen ist, er freut sich doch so auf sein Kind. Arnulfs Mund jedenfalls bleibt für immer stumm. So müde bin ich, so müde, denkt sie, bevor sie einschläft, eine Hand auf dem Bauch.

„Und die gnädige Frau, wie hat sie es all die Jahre ausgehalten?", fragt Ignaz Bastian, nachdem Martha sich in die Kammer zurückgezogen hat.

„Die gnädige Frau?", antwortet Bastian, „sie hat sich häufig mit Marthas Schlehenwein getröstet. Martha hat sie regelmäßig versorgt, wir haben uns oft Gedanken gemacht, sie war immer gut zu uns, die Herrin, sie hat sehr gelitten, dass sie dem Herrn keinen Sohn schenken konnte, Kräutergrete hat ihr Kräuter gemischt, Martha auch, aber alles hat nicht geholfen."

„Deine Frau kennt sich also aus mit Kräutern?"

„Wir kennen uns hier alle aus, mehr oder weniger, Kräutergrete hat uns oft besucht, auch früher schon, als Amina noch bei ihr lebte. Zu gern hätte ich sie als Wehmutter für Martha gehabt, nun muss Hannah ihr helfen, wenn ihre Zeit gekommen ist."

„Gott wird ihr beistehen, sie ist eine gesunde junge Frau, alles wird gut gehen", tröstet Ignaz und gibt Leupold ein Zeichen. Sie erheben sich beide.

„Ihr wollt schon gehen?", fragt Bastian.

„Trinkt noch einen Schluck für den Weg."

Und er gießt ihnen die Becher noch mal halb voll.

„Danke, der Wein wird uns wärmen, wir möchten noch vor der Dunkelheit wieder zurück sein."

Sie leeren die Becher, stehen auf und verabschieden sich.

Schweigend gehen sie ein paar Schritte.

„Was denkst du, Leupold?", bricht Ignaz das Schweigen.

„Irgendetwas stimmt da nicht, Bastian wusste schon Bescheid, die Nachricht hat er schnell erhalten. Von wem wohl?"

„Naja, so etwas dauert doch nicht lange. Ich glaube, wir sollten etwas mehr nachhaken, was die Kräuter betrifft. Und dass Martha sich so schnell zurückgezogen hat, wundert mich auch, selbst wenn sie schwanger ist. Sie vermutet oder weiß sogar etwas, ich fühle es, kann es aber nicht genau begründen."

„Wir müssen herausfinden, was es mit den Kräutern und dem Wein auf sich hat, da steckt mehr dahinter, aber was wohl?", stimmt Ignaz zu.

14. Kapitel

Mutter und Tochter

„Das Schlimmste ist das Warten, Anna, das Warten und das Wissen, dass dein Vater noch nicht seinen ewigen Frieden haben kann. Es lähmt so, dieses Warten. Ich habe Kopfschmerzen." Sie stürzt den Becher mit Schlehenwein hinunter.

Sie haben es sich auf dem mit blauem Damast bezogenen Sofa bequem gemacht.

„Mama! Bitte trink nicht so viel, das ist nicht gut, es ist noch viel zu früh am Tag. Ich mache mir solche Sorgen um dich, Mama, es ist schwer für uns alle, aber du darfst dich nicht so gehen lassen. Du selbst hast mir immer gesagt, eine Eden bewahrt Contenance, selbst im schlimmsten Fall.

Und dann, Mama, welcher ewige Friede? Vater hat doch Zeit seines Lebens keinen Frieden gekannt. Viele hatten Angst vor ihm. Besonders die Mädchen. Er war immer rücksichtslos. Was glaubst du wohl, wie schrecklich es ist, so über seinen eigenen Vater zu denken. Ich kann nicht vergessen, wie grässlich er oft zu dir war. Auch zu mir, Mama, das weißt du. Lass ihn uns bald begraben, Mama. Dann haben *wir* Frieden. Wer weiß es schon, dass er tot ist und wie er beerdigt wird, nur die Leute, die mit uns hier zu tun haben. Denen ist es doch gleichgültig, ob er jetzt oder später beigesetzt wird. Sowie alles arrangiert ist mit der Gruft und so, kann er doch seine ewige Ruhe finden!"

Anna umarmt und küsst ihre Mutter und streichelt

sie.

„Ja, Kind, du hast Recht, Contenance - das habe ich gesagt. Schwer ist es und ich fühle mich so hilflos. Wenn die Mönche nicht hier wären, wäre es noch viel schlimmer."

„Mama, du kannst dich doch auch dem Medicus anvertrauen, er hat uns immer beigestanden, als Vater noch lebte."

Maria nickt.

Anna fährt fort:

„Was denkst du, wo Marco jetzt ist? Er war immer so fröhlich, es war sogar schön, ihm Modell zu sitzen, weil er immer so scherzte."

„Anna, wie kannst du nur solche Gedanken haben? Wir sind in Trauer."

„Trotzdem, Mama, gerade weil alles so entsetzlich ist, sehne ich mich danach, wieder fröhlich zu sein. Diese Zeiten sind einfach schrecklich. Ich bin jung, soll nun Gram mich umgeben? Immer Angst vor Soldaten haben, sich Gedanken machen über Vaters Begräbnis, nie hätten wir uns doch vorstellen können, dass uns so ein Unglück befällt."

„Anna, Gewalt ist nicht neu in der Familie von Eden. Es heißt doch, einer der Urväter deines Vaters sei im Feld von Bauern erschlagen worden. Und diese Bauern um uns herum, die haben deinen Vater auf dem Gewissen, glaub mir. Hoffentlich finden die Schergen den Täter, aber denen kann man nicht trauen, die sind doch selbst nicht sauber. Eher könnten die beiden Mönche etwas finden, hoffe ich. Solche Menschen haben oft einen feinen Sinn für das Verborgene."

„Was meinst du damit?"

„Weißt du, die reden nicht viel, die beobachten und zählen eins und eins zusammen und außerdem sind die

Leute denen gegenüber vertrauensvoller, weil's Kirchenmänner sind, die werden anders als die Schergen oder der Richter angesehen. Vor denen haben die Leut' Angst, nicht vor den Mönchen. Da reden sie vielleicht freier."

„Da magst du magst Recht haben, warte - es klopft." Anna öffnet die Tür einen Spalt.

„Oh - Babette, was gibt es ?" Sie tritt auf den Korridor.

„Gnädiges Fräulein, der Herr Medicus ist hier, er möchte nach Euch sehen."

„Dann lass bitten, Babette!"

Maria ruft von drinnen, „oh der Medicus, Babette, bring uns Wein."

Als Anna zurück ins Zimmer tritt, sagt Maria „Anna, lass mich mit dem Medicus allein." Anna schaut die Mutter forschend an, macht einen Knicks, geht zur Tür, um den Medicus zu empfangen.

„Seid willkommen!", sagt sie und macht wieder einen Knicks. „Bitte tretet ein!"

„Guten Morgen, Kind", antwortet er väterlich und nimmt Annas Hand.

„Anna ist sehr tapfer und mir eine große Stütze!" antwortet Maria, dabei nimmt sie seine elegante Kleidung wahr und betrachtet unter gesenkten Wimpern seinen dunkelroten Hut passend zu den Kniehosen und seiner Jacke, unter der eine schwarze Weste über einem makellos weißen Hemd hervorschaut. Sein lockiges Haar liegt auf dem Spitzenkragen. Goldfarbene Schnallen zieren seine feinen Lederschuhe. Was sie sieht, gefällt ihr sehr. *Was für Gedanken ich habe*, ruft sie sich innerlich zu, *er ist aber auch so beeindruckend und immer so elegant, dabei so freundlich und liebevoll. Genauso, wie man einen Mann möchte.*

„Das ist schön zu hören. Deine Mutter braucht jetzt eine gute Tochter. Wie geht es dir?" spricht er weiter Anna an. „Kommst du einigermaßen zurecht?"

„Es geht schon irgendwie", sagt Anna, macht den dritten Knicks und geht. Sie mag den Medicus, schon immer und nun, da sie älter geworden ist, merkt sie wohl, wie sehr die Mutter sich freut, wenn er kommt, wie sie errötet und erregt ist.

Sie geht in ihr eigenes Zimmer und stellt sich hinter den doppelten blauen Samtvorhang, um sich nichts entgehen zu lassen.

„Wie schön, dass Ihr kommt, bitte setzt Euch!" Maria deutet auf den hellblau bezogenen Sessel vor dem Beistelltischchen.

Der Medicus dankt, setzt sich, legt seinen Hut ab und wendet sich Maria zu.

„Guten Morgen, Maria, wie sieht es aus? Ich wollte nach Euch sehen."

Es klopft, Babette tritt ein und bringt noch eine Karaffe mit Wein und die schönen geschliffenen Gläser. Dann will sie sich entfernen.

„Danke, Babette, bitte nimm den Hut des Herrn Medicus mit nach draußen in die Garderobe!" Babette knickst und entfernt sich mit dem Hut.

Er lächelt, nimmt ihre Hände in seine. Ihre wunderschönen feinen Hände. Er haucht einen Kuss auf ihre rechte, dann auf die linke, küsst sie noch mal und kann sie nicht loslassen.

„Verzeiht mir, Maria", murmelt er und richtet sich auf, schaut sie intensiv an. Sie schlägt die Augen nieder, plötzliche Röte überzieht ihr Gesicht und ihr Dekolleté.

Er schaut auf das angefangene Glas Wein. Sie sieht seinen Blick.

„Es hilft mir", sagt sie entschuldigend und fügt hinzu, „es beruhigt."

„Das tut es, aber Ihr wisst, wie gefährlich es ist, zu viel davon zu trinken. Alles im Übermaß ist schädlich. Ich mache mir Sorgen um Euch. Bitte lasst mich Euch helfen und beistehen."

Sie nickt. „Ihr könnt Euch auf mich verlassen, aber das Vergessen abends vorm Schlafengehen tut gut."

„Zu gern würde ich auch vergessen, liebe Maria, aber all die Jahre ist es mir nicht gelungen, die verlorenen Jahre, Ihr wisst es auch."

Sie errötet noch mehr.

„Ja, ich weiß es und glaubt mir, es hat mir Trost gegeben, das Wissen um das, was uns verbindet und nicht verbinden durfte."

„Ja, und nun werden wir nur noch die Trauerzeit ehren, Maria, und dann will ich bloß noch für Euch da sein."

Wieder nimmt er ihre Hände und küsst sie sanft.

15. Kapitel

Marco in Seligenstadt

„Wohin wollt Ihr, Herr? Ihr seid doch nicht von hier?", fragt der Fährmann, als Marco ihm den Schilling fürs Übersetzen in die Hand drückt.

Schon fahren sie, der Fährmann rudert ruhig und sicher. Marco spricht ihn an:

„Kennt Ihr den David, der bei seinem Onkel wohnt, bei Jakob dem Buchhändler?"

„Den David kennt doch jeder, ein pfiffiger Junge ist das. Der Onkel ist mit seinen vielen Büchern nach Hanau gezogen, er wollte seinen Bestand retten, der David ist hier bei der Tante geblieben, im Franzosenviertel wohnen sie, westlich von hier." Er zeigt in die Richtung, wo der dicke runde Turm dicht am Main steht.

„Er fährt manchmal nach Hanau und holt neue Schriften für Frau von Eden in Hörstein. Grad vorgestern war er wieder dort, von da wollte er nach Hanau. Dem Onkel ist's grad recht, er will seine Frau und Tochter nicht allein lassen, darum ist der David hiergeblieben. Ich bin froh drum, leben eh nur noch so wenige Leut' in Seligenstadt."

Er seufzt. „Wenige Einnahmen, kaum jemand lässt sich über den Fluss setzen. Vor zwei Tagen kam ein junger Bursche aus Eurer Richtung mit mir über den Main, wollte weiter nach Mainz, da ist es auch sicherer als hier in der kleinen Stadt. Da kann jeder, der uns überfällt, alles gleich überblicken und marodieren."

Das wird Amina gewesen sein weiß Marco sofort. *Gut, sie ist bestimmt in Sicherheit bei den Mönchen. Danke Dir, Gott,* schickt er ein stilles Gebet zum Himmel.

„Und was machen die Mönche in der Abtei?", wirft Marco ein.

„Auch die Abtei haben sie übel zugerichtet, alle Mönche sind fort, bis auf drei. Die halten tapfer die Stellung. Als die Soldaten erst anfingen zu plündern und zu wüten, folgten die Bürger nach. Sie benahmen sich noch schlimmer als die Soldaten, schleppten aus dem Kloster fort, was ihnen unter die Finger kam. Die Menschen sind in ihrer Verzweiflung und Gier zu Tieren geworden, ich habe es selbst gesehen."

Sie sind schon am anderen Ufer, der Fährmann legt an und Marco verabschiedet sich.

„Danke, Fährmann, ich geh' dann mal auf die Suche nach David. Wenn du ihn sehen solltest, sag ihm bitte, Marco ist hier." Der Fährmann tippt an seine Kappe, Marco verbeugt sich und geht in Richtung Westen den Main entlang. Kleine Häuschen sieht er, alle Wege unbefestigt, vorn führt eine grob gehauene Treppe hoch in die Stadt. Vielleicht ist David ja schon zurück, ein fremder Mann wie ich flößt doch den Frauen immer Furcht ein. Er schaut sich um. Niemand ist hinter ihm zu sehen.

Was für ein dicker Turm, schon vor fast zweihundert Jahren erbaut, 1463 haben sie in den Stein eingeritzt. So fest und drohend, wie alles hier, nicht zu vergleichen mit meinem Venedig, wo alles Gebaute so fein aussieht, so schöne Ornamente hat, so leicht und fantasievoll schwingt. Wie rau die Steine sind.

Er streicht über die dicke Mauer, schaut sich wieder um, ob auch niemand ihn sieht. Keiner ist ihm gefolgt. Er hat den Geheimpfad gefunden, die Stadtwächter vermieden. Ein Glücksfall ist es. Alles ist ruhig, zu ruhig fast. In den Binsen tummeln sich die Enten am Mainufer, am Himmel formt ein Vogelschwarm ein V, sie sammeln sich schon für die lange Reise nach Süden. Sie wissen, was sie hier erwartet, wenn bald die Winde blasen und den Schnee herumtreiben. *Vor dem ersten Schnee müssen wir auch auf dem Weg nach Süden sein, ich will Amina an meiner Hand halten, zusammen mit ihr in die Sonne ziehen. Träum nicht, Marco, ja, stimmt, ich träume zu viel, erst muss ich sie finden, sie ist mein Herz, ohne sie bin ich krank. Hier dieser Pfad, der wird wohl in die Gegend führen, hier muss die Tante irgendwo wohnen, Madame Suzanne, die Buchhändlerin, genau, so wird sie genannt, nach ihrem Mann, dem Buchhändler.*

Kleine Häuschen stehen vereinzelt, einen Brunnen gibt es auch, ordentlich zugedeckt mit einem Holzbrett ist er, Gänse und Hühner laufen herum, hier und da schmückt ein immergrüner Busch eine Mauer, kein Mensch ist zu sehen. Er schaut nach vorn und sieht einen Jungen, er ist vielleicht zehn Jahre alt, er kommt ihm gerade entgegen.

„He", ruft er ihn an, „kennst du Madame Suzanne, wo wohnt sie?"

Augen in einem bräunlichen Gesicht blitzen ihn an, unter einem dunklen Wuschelkopf trifft ihn ein verhaltenes Lächeln.

„Warum willst du das wissen, was geht dich das an, du bist nicht von hier", erwidert der schlaue kleine Kerl.

„Ich tu dir nichts, ich heiße Marco und bin Davids Freund. Kennst du ihn? Den Neffen von der Buchhändlerin?"

Da werden die Augen des Jungen groß, er legt den Kopf auf die Seite und antwortet:

"Was bekomme ich von dir, wenn ich es dir sage?"

„Na, du bist ja einer, komm sag schon."

Der Junge schaut ihn an.

„Da könnte ja jeder Fremde kommen, Fremde sind gefährlich, hat meine Mutter mir gesagt".

„David hat mich hergeschickt, du kannst mir glauben, ich kenne auch ihren Mann, Jakob, den Buchhändler, glaubst du mir nun?"

Endlich nickt der Junge,

„Da, geht die Straße entlang, das Haus mit der steinernen Gans am Zaun, da ist es. Sag nicht, dass ich es dir gesagt habe".

Und schon läuft er davon.

Marco schüttelt den Kopf, was für Zeiten! Keiner kann dem andern trauen, schon die Kinder müssen es lernen.

Im Haus des Buchhändlers

Er steht vor dem Haus mit der steinernen Gans. Eine Frau kommt hinter dem Haus hervor und trocknet sich im Gehen die Hände an der Schürze ab. Sie sieht den Fremden am Zaun, wundert sich. Marco verbeugt sich.

„Grüß Gott", sagt er und sie antwortet, „Ihr seid nicht von hier, Fremder, was wollt Ihr?" Sie bleibt in einiger Entfernung vom Zaun stehen, wartet.

„Ich heiße Marco, David ist mein Freund, und er hat mich zu Euch geschickt."

„David? Ihr kennt David?"

„Ja, ich wohnte noch bis vor kurzem in Hörstein, da hab ich ihn kennengelernt, er hat der gnädigen Frau von Eden immer Blätter zum Lesen gebracht, manchmal auch Bücher. David hat mir gesagt, ich könne hier vorsprechen, ich möchte hier ein, zwei Tage bleiben, dann weiterziehen in meine Heimat, nach Italien."

Die Frau schaut ihn an.

„Wie ein Lügner schaut Ihr nicht aus, beschreibt mir mal den David, damit ich sicher sein kann."

Zwei kleine Mädchen sind zur Mutter gelaufen und halten sich an ihrem Rock fest, eine Katze streicht durchs Gras und zieht weiter durch die niedrige Hecke.

„Der David ist immer fröhlich und sehr klug. Er kennt alle berühmten Schriftsteller und weiß viele Gedichte auswendig. Er trägt immer seine graue Hose aus Leinen, feste Stiefel und eine Lederweste, auf dem Kopf trägt er die Filzkappe. Wir sind Freunde geworden, er interessiert sich auch für Malerei und wir haben oft Bilder in den Büchern angeschaut, die er bei sich hatte."

„Ja, das ist David, Ihr kennt ihn wirklich. Kommt rein, er sollte morgen wieder da sein. Alles ist so schwer geworden, der weite Weg nach Hanau, wo mein Mann jetzt bei seinem Bruder wohnt, seitdem sie die Stadt hier fast niedergebrannt haben. Es sind so schreckliche Zeiten. Wenn ich nicht den Garten hätte, wüsste ich nicht, wie ich den Kindern etwas zwischen die Zähne geben kann, die armen Würmer, so dünn sind sie geworden. Kommt rein, ich zeig Euch, wo Ihr schlafen könnt. Die Pumpe ist hinter dem Haus und auch ein Abtritt."

Marco verbeugt sich. „Danke, Madam, Ihr seid sehr freundlich und sollt es nicht bereuen."

Er gibt ihr einen Taler und sie nimmt ihn mit einem Knicks.

16. Kapitel

Spurensuche 3

„Und habt Ihr den Buchenhof gefunden?", fragt Hannah und stellt den Mönchen dampfenden Tee hin. Sie sind zurück von ihrem Spaziergang und der späte Nachmittag zieht mit der Kühle des nahenden Abends ein. Beide haben leicht gerötete Gesichter, sie sehen erfrischt und sogar etwas angeregt aus.

Ignaz nickt.

„Oh ja, wir haben sogar Martha und Bastian angetroffen. Vorher haben wir Martha im Wald gesehen. Wir haben uns gedacht, dass sie es ist. Sie haben uns sogar hereingebeten und Bastian hat uns mit Wein bewirtet. Ich war sehr erstaunt."

„Ja, die beiden sind recht, ich mag Martha sehr. Sie arbeiten so hart. Ich mache mir Sorgen um sie, sie sieht so blass und angestrengt aus. Ich werde ihr bei der Geburt helfen, so Gott will." Sie bekreuzigt sich und fährt fort: „Die Schergen waren gestern bei mir, stellt Euch vor, die wollten einiges wissen, die kommen nicht weiter. Sind eh Dummköpfe, die sich zu wichtig nehmen. Von mir hören die nichts."

Vorsichtig fragt Ignaz: „Was hätten die denn von dir hören können, was sie nichts angeht?"

„Ich sag Euch, den Arnulf, den wollten viele hier los haben, der war der schlimmste Herr seit langer Zeit, so reden die Leute. Überall laufen doch seine Bälger herum, der konnte doch von den Weibern nicht lassen. Da ist so viel Wut und Hass auf ihn, hat lange gedauert, nie hat jemand gewagt, die Hand gegen ihn zu erheben, und nun ist's zum Schlimmsten gekommen. Auch auf dem Buchenhof ist er rumgeschlichen, wenn ihm danach war, das kannst du glauben."

„Was soll das heißen?"

„Das soll heißen, was es heißt", endet sie und stellt mit einem Knall den Topf mit Haferbrei in die Mitte, holt Holzschüsseln und gibt Ignaz die Kelle in die Hand.

„Hier bitte, fangt an! Wohl bekomm's".

„Danke dir so sehr", sagen beide und beten ein Dankgebet.

Still ist es in der Küche, nur die Scheite im Feuer knacken, Hannah klappert mit den Töpfen, die Mönche schmatzen, es ist auch drinnen noch kühl, der heiße Brei tut gut.

„Ich möchte gern noch mal zum Buchenhof gehen und mit Martha sprechen, sie hat sich gestern zurückgezogen, als wir dort waren. Ich glaube, Martha weiß mehr als wir denken", bemerkt Ignaz.

Hannah blickt prüfend auf Ignaz. „Mehr? Mehr wovon?"

„Naja, sie ist doch kräuterkundig, sie hat doch bestimmt eine Sammlung von Kräutern und Arzneien, die in dieser Gegend wachsen und präpariert werden."

„Ach was", wirft Hannah ein, „hier hat jedes Haus einen Kräutervorrat angelegt, viele Hausfrauen kennen sich damit aus."

„Auch mit stärkeren Kräutern, mit Giften? Das ist doch nicht jedermanns Sache. Ich würde gern mit Martha reden, falls ich sie in der richtigen Stimmung antreffe und ich merke, sie wäre bereit. Ich muss ihr Vertrauen gewinnen. Und ich würde ihr gern helfen, wenn ihre Stunde kommt!"

Hannah nickt.

„Nur aufregen dürft Ihr sie nicht", fügt sie hinzu, „das kann sie jetzt nicht vertragen."

„Ja, natürlich, wir passen schon auf, du weißt, ich bin Arzt und Leupold in der Ausbildung. Komm, Leupold, lass uns ein wenig ausruhen. Danke Hannah für den guten Tee."

Dolf klopft an. „Die Herrin lässt ausrichten, dass das Abendessen um 7 Uhr gereicht wird. Ihr mögt Euch bereithalten."

Ignaz und Leupold schauen sich. „Wir danken, es ist uns eine Ehre! Wir werden pünktlich sein!"

Sie wenden sich zu Hannah: "Gott segne Euch!"

Sie gehen langsam über den Hof in ihre Zimmer.

17. Kapitel

Spurensuche 4

Bastian steckt den Kopf durch die Tür, als es klopft. Erstaunt erkennt er Ignaz und Leupold, die gestern zu Besuch waren.

„Guten Morgen, wir sind auf dem Weg nach Hörstein und dachten, wir könnten nach Martha sehen, ob es ihr heute besser geht. Hat sie sich erholt von der Schwäche gestern?", grüßt Ignaz.

Erstaunt erwidert Bastian: „Seid willkommen, ja, es geht ihr besser, aber sie kann nicht viel machen, ich möchte, dass sie sich ausruht. Kommt doch kurz rein."

„Danke." Sie treten ein und setzen sich an den Tisch.

Bastian schließt die Tür. Plötzlich schlägt es laut an die Tür.

„Aufmachen, Bastian, wir wissen, du bist da drin."

„Ja, wo soll ich sonst sein?", ruft er und geht zur Tür.

Warum schlägt mein verdammtes Herz so, es sind Menschen wie ich, mit denen werde ich schon fertig. Wieder das ungeduldige Schlagen. Er öffnet.

„Warum seid Ihr so laut? Es ist früher Morgen und Ihr wisst doch, dass wir zu Hause sind. Kommt rein, was gibt es?"

Hans und Xaver stampfen durch die Tür, stutzen, als sie die Mönche sehen. Die stehen auf. Bastian macht alle bekannt:

„Das sind Ignaz und Leupold, zwei Mönche, Gäste im Herrenhaus und hier sind Hans und Xaver – unsere tüchtigen Schergen!" stellt er die Büttel vor.

Die vier mustern sich, freundlich schauen Hans und Xaver nicht. Sie wechseln einen Blick.

„Und was macht Ihr hier im Buchenhof?", fragt Hans.

„Habt Euch ja schnell in der Gegend kundig gemacht."

„Wir sind auf der Durchreise nach Seligenstadt in die Abtei. Und nun schauen wir nach Martha, es ging ihr gestern schlecht, sie musste sich hinlegen."

„Setzt Euch doch wieder", lenkt Bastian ein und lädt mit einer Handbewegung Hans und Xaver dazu. Er fühlt sich unwohl, ist sogar froh, dass die Mönche da sind. Er weiß selbst nicht, warum. Er bleibt stehen und fragt äußerlich ruhig:

„Womit kann ich Euch dienen

„Das fragst du noch? Hast du nicht gehört, dass Arnulf von Eden tot ist? Wir müssen jeden im Umkreis befragen, der irgendetwas wissen könnte. Wann hast du ihn zuletzt gesehen?"

Der dicke Hans sitzt breit auf dem Stuhl. Gut, dass ich den gerade repariert habe, sonst wäre er zusammengebrochen, denkt Bastian. Laut sagt er:

„Seid willkommen, zu beneiden seid Ihr nicht."

„Antworte uns, wann hast du den von Eden zuletzt gesehen?"

„Ich muss nachdenken, ja, das war letzte Woche, als er sich nach dem Fohlen erkundigt hat, das unsere Stute trägt. Er will es haben. Wollte es haben."

„Und, hast du es ihm zugesagt?"

„Habe ich denn eine Wahl? Ihm gehört doch alles."

„Ja, dass dir das nicht passt, denken wir uns. Du warst nicht sein Freund, oder?"

„Er hatte keine Freunde, das wisst Ihr genauso wie

ich. Auf welcher Seite steht ihr und warum fragt ihr?"

„Wir tun unsere Arbeit, schließlich hat der Richter uns ausgesucht. Er weiß, dass wir den oder die Übeltäter finden werden. Wo warst du vor zwei Tagen?"

„Auf meinem Hof, Arbeit gibt's genug, bald kommt der Winter, da gibt's für viele Wochen ausreichend zu reparieren und zu richten."

Martha kommt in die Stube, sie geht schleppend, deutet einen Knicks an, setzt sich auf die Bank.

Die Schergen befehlen unwirsch: „Weib, bring uns was zu essen, wir haben Hunger."

„Nur Suppe gibt es, ohne Fleisch, Ihr wisst ja selbst, wie's ist", erwidert sie.

„Besser als nichts und einen schönen Likör habt ihr bestimmt im Keller, komm Xaver, da sehen wir uns mal um, im Keller findet man so manche Sachen. Die Suppe kannst du uns schon mal hinstellen, die essen wir, wenn wir mit dem Keller fertig sind".

Ihr findet nichts, nicht das, was ihr sucht, ihr Dummköpfe, denkt Bastian. Meinen Keller kenne nur ich.

Laut antwortet er:

„Dann kommt, den Likör dürft Ihr Euch aussuchen, meine Frau macht die besten, das könnt Ihr glauben."

Er ist voller Abscheu gegen sie, macht aber gute Miene zum bösen Spiel.

„Wir dürfen hier alles sehen und bekommen alles, was wir wollen, das kannst glauben. Merk's dir besser! Wir sind das Auge des Gesetzes!"

Und was für Augen, denkt Bastian, stechend und unnachgiebig, das weiß ich.

Ignaz und Leupold bleiben schweigend sitzen, während Martha sich am Herd zu schaffen macht um die Suppe wärmen.

Bastian nimmt einen Span und entzündet ihn am

Feuer im Ofen, bringt damit die Öllampe zum Brennen und geht zur Tür, hinter der die dunkle Treppe in den Keller führt. Die Schergen folgen ihm. Das Licht flackert die Wände entlang, die Regale sind gefüllt mit Flaschen und Töpfen. Sie glänzen, wenn das Licht des Spans auf sie fällt.

„Dir geht's gut, eine fleißige Frau hast du, da kannst du uns gleich mal einen Schmalztopf mitgeben, bei uns sieht es anders aus. Ihr Bauern habt doch immer alles, was ihr braucht."

„Und Euch wird's doch überall zugesteckt, da könnt Ihr Euch doch nicht beklagen", fügt Bastian hinzu.

„Pass auf, was du sagst, wird' nicht übermütig, jeder ist verdächtig, bevor er's nicht anders beweisen kann. Die Leute wissen schon, warum sie uns was geben, wir sorgen für Ordnung und schützen das Volk vor den Übeltätern."

Martha rührt die Suppe. Auch sie ist froh, ohne dass sie es erklären kann, dass die Mönche da sind. Vielleicht, weil sie Gottesmänner sind und vielleicht sind sie ja Engel im Menschengewand. Während Martha die Suppe umrührt, schickt sie stumme Stoßgebete zum Himmel.

„Bitte, Gott, lass sie nicht alle Regale ausräumen und in den Ecken herumstöbern. Sie dürfen nicht alles finden, besonders das Bilsenkraut nicht. Bitte, Gott, schütze dieses Haus und meinen Mann und mein Kind. Gib uns nicht dem Verderben anheim. Du weißt, wir wollen nichts Böses, wir tun den Menschen nur einen Gefallen."

Ignaz und Leupold beobachten alles stumm. Sie sehen, wie Martha sich aufregt und zittert.

Im Keller schauen die Schergen sich prüfend um. Bastian schweigt, nimmt einen Topf mit Schmalz und eine Flasche Likör vom Regal. Hans schiebt alle Flaschen nach vorn, sucht an den Wänden.

„Habt ihr keine Kräuter für den Winter getrocknet, eh, und keine Kräuterauszüge?"

„Nicht bei uns, die hatten wir noch nie."

„Man kann ja nie wissen. Was habt ihr da in den Ecken?"

„Alte Säcke, die brauchen wir für die Ernte. Äpfel, Eicheln, Bucheckern, Kastanien...", murmelt Bastian. Er hebt zwei Säcke hoch, andere Säcke schauen darunter hervor, eine kleine Staubwolke weht. Auch er betet innerlich. Hans leuchtet mit der Öllampe in die Ecken, sieht die Stapel von Säcken. Sein Magen knurrt. Er hat Hunger.

„Komm, Xaver, wir haben gesehen, was wir sehen wollten. Die Suppe wartet." Er leckt sich die Lippen.

„Nachher zeigt ihr uns noch das Schlafzimmer und die anderen Räume, wir wollen alles sehen, was Ihr so hortet."

„Da ist nicht viel, die Zeiten sind hart, das wisst Ihr doch, das weiß doch jeder."

„Und jeder weiß, dass du eine kräuterkundige Frau hast und einen Kräutergarten, der nicht nur Speisekräuter hergibt, oder vielleicht nicht? Meiner Frau hat sie ja schon mal geholfen, als sie sich das Bein verrenkt hat, die Martha weiß viel, gell Martha", ruft Hans ihr zu, als sie die Treppe hochgestiegen und wieder in der Küche sind.

„Aber ich hab der Lisa nicht geholfen, damit Ihr mir jetzt den Strick draus drehen sollt, Gutes wird nicht mit Schlechtem vergolten, wir sind rechtschaffene Leut!"

„Ja, ja, aber nicht da, wo ihr einen Groll gegen die Obrigkeit hegt, da hört's auf. Könnt ruhig ein bisschen nett zu uns sein. Und jetzt bring die Supp', Weib und du, Bastian, halt die Gosch'!"

Martha bringt stumm die Suppenschüsseln, heiß steigt der Dampf hoch. Sie zwingt sich zu einem „wohl bekommst" und bringt Holzlöffel. Sie und Bastian setzen sich und schauen zu, wie die Schergen gierig zu schlürfen beginnen. Martha und Bastian vermeiden es, sich anzuschauen, sie warten und hoffen, dass die Schergen bald wieder verschwinden. Kein Blick, den sie tauschen, darf sie verraten.

„Wir müssen weiter!" Mit diesen Worten stehen Ignaz und Leupold auf.

"Eure Frau braucht vor allem Ruhe", raten sie Bastian und nicken Martha zu.

„Wenn Ihr Euch daran haltet, wird alles gut, versucht, nicht zu viel zu arbeiten."

„Ich werde auf sie aufpassen!" versichert Bastian.

„Seid gesegnet!" verabschieden sich die Mönche.

Schweigend setzen sie ihren Weg fort.

„Mit diesen Schergen ist nicht zu spaßen, die sind gierig und gemein, denken nur an sich und wie sie anderen schaden können. Denen kann man nicht vertrauen. Die suchen nur danach, wie sie anderen eine Grube graben können."

„Ich fürchte auch, aber irgendetwas stimmt nicht. Was auch immer es ist, ich hoffe, die Schergen wühlen es nicht hoch. Die beiden sind gute Menschen, daran zweifle ich nicht. Vielleicht ist es auch nur, dass Martha der gnädigen Frau mit Kräutern hilft, um sie zu beruhigen, und mit dem Wein. Beide hatten Angst, das war deutlich, auch wenn sie sich sehr gut beherrscht haben, aber wer hätte nicht Angst vor diesen Unmenschen."

„Aber wie können wir mehr erfahren? Hannah wollte auch nichts sagen. Hier wissen alle etwas."

„Lass uns mal beim Ochsenwirt vorbeigehen, vielleicht können wir ihn zum Reden bringen."

„Wir müssen alles versuchen."

„Und dieses Mädchen, das weggelaufen ist. Was ist mit dem?"

„Soweit ich gehört habe, suchen andere Büttel nach ihr. Sie wollen überall herumfragen. Aber sie hat einen Vorsprung. Es wird nicht leicht. In den Wäldern kann man sich gut verstecken. Warum sie bloß weggelaufen ist?"

„Weil sie Angst hat. Sie ist ja eine Fremde, die Leute nennen sie immer „die Braune", sie ist von weither, habe ich verstanden. Sie fühlt sich nicht sicher. Mit Recht. Und dann diese unschuldigen Frauen, die sie überall verhören und umbringen. Ist doch klar, dass sie sich nicht wohl fühlen kann."

18. Kapitel

Die Schergen verlassen den Hof

„Die Suppe war gut, hat mich richtig durchgewärmt", bemerkt Xaver.

„Schon, aber was denkst du, Xaver? So richtig gründlich haben wir ja nicht gesucht. Diese Säcke...Ich hatte keine Lust, in dem Staub zu husten und ohne Frühstück. Behalt's für dich. Wir können wieder hingehen, noch mehr essen und dann alles noch mal absuchen, im ganzen Haus. Die Martha war immer gut zu meinem Weib, ich will ihr nichts Böses. Der Bastian hat mir auch nichts getan."

„Hans, ich glaube nicht, dass die was mit dem Herrn zu tun haben. Das waren andere, aber wer, was denkst du?"

„Schwer zu sagen, es kommen so viele infrage, eigentlich jeder hier, niemand mochte den Arnulf. Es kann jeder Bauer sein. Ich will nicht überall hingehen, so viel Arbeit und wenig Brot. Und der Richter und Scharfrichter, die sitzen herum und wir müssen die Arbeit tun. Die Schuhsohlen bezahlen sie uns auch nicht. Dass es Gift sein soll, macht unsere Arbeit nicht leichter. Die Eden kann's auch sein, betrogen hat er sie ja oft genug, aber die sind ja unberührbar, die hohen Herren. Die Hannah, die Martha, die kennen sich aus mit Kräutern. Und die Braune, die bei der Kräutergrete gewohnt hat, die ist uns durch die Lappen gegangen. Und ihr Buhle, der Maler, der ist auch weg. Die werden wir nicht mehr finden. Die sind fort."

„Ist schon eigenartig, dass die gerade jetzt abhauen.

Irgendwie glaube ich nicht, dass der Maler irgendetwas zu verbergen hat. Weit können sie aber nicht sein", bemerkt Xaver. „Wir können überall herumfragen, ob jemand sie gesehen hat. Die sind so schnell abgehauen, das ist schon verdächtig."

„Nach der Braunen suchen doch die anderen, wir können nicht alles machen, wir haben genug mit der Sucherei hier zu tun."

„Was sagen wir dem Richter? Wir sind nicht weitergekommen? Ob der Ochsenwirt was weiß? Der Bärenklas? Wird uns nichts übrig bleiben, als die alle zu fragen. Morgen gehen wir zum Ochsenwirt, dem werden wir mal die Daumenschrauben anlegen. Der weiß immer viel und sagt wenig oder gar nichts."

Hans nickt. „Wird uns nichts anderes übrig bleiben, morgen früh gehen wir hin, ich komme um sechs zu dir, dann haben wir Zeit genug."

Teil 3

19. Kapitel

Aminas Aufgaben

Vier Mönche essen die karge, graue Morgensuppe, wässerigen Haferschleim. Es sind Bruder Anselm, Bruder Heribert, Bruder Mercurius und Bruder Amin. So heißt Amina offiziell. Für den Fall, dass jemand ins Kloster käme und fragt, woher der neue Bruder kommt, der so aussieht, als ob es von weither ist. Es kommt aber niemand, es verirrt sich kaum ein Mensch nach Seligenstadt in diesen Kriegswirren und nach der Belagerung der Schweden. Aus Mainz kommt auch niemand, wenn ein Mönch aus Seligenstadt ein Anliegen hat, geht er nach Mainz und berichtet, nicht umgekehrt.

Das große kahle Refektorium in den dicken alten Mauern ist trotz des noch anhaltenden Sommers kalt. Der lange Tisch und die Stühle sind die einzigen Möbel und erinnern an Zeiten, als viele Mönche hier zum Essen zusammentrafen. Zwei Kerzen geben etwas Licht in der Morgendämmerung, die durch die hohen schmalen Fenster dringt. Alle tragen Kapuzen. Amina ist kaum von den beiden anderen zu unterscheiden. Sie löffelt stumm und denkt, *dass sie lieber dieses warme Wasser hier im Kloster in Geborgenheit isst als Hannahs gutes Essen in Angst.* Durch den blassen Kamillentee sieht sie den Bechergrund. *Nach dem Frühstück werde ich in den Kräutergarten gehen und nachschauen, welche Pflanzen Pflege brauchen. Und ich kann mein Wissen über die Pflanzen, das mir Kräutergrete beige-*

bracht hat, erneuern und erweitern. Laut sagt sie im Aufstehen: „Ich möchte im Kräutergarten nach dem Rechten sehen."

„Warte, Amina", wirft Bruder Anselm ein. Ich möchte mit Euch allen sprechen. Lasst uns gleich in die Bibliothek gehen, wenn wir aufgeräumt haben."

Alle blicken auf und nicken. Bruder Heribert und Amina nehmen alle Schüsseln und Becher, bringen sie in die Küche und spülen sie schnell ab. Danach folgen alle Bruder Anselm über den Hof zum Bibliotheksgebäude. Er schließt die dicke geschnitzte Holztür auf, sie zeigt noch Spuren von der letzten Belagerung. Eine dunkle Treppe führt in den ersten Stock, wieder öffnet er eine andere kleinere Holztür weit, hebt einladend die Hand. „Wir sind da, hier ist mein liebster Raum. Es ist noch etwas nachgeblieben von der Räuberei."

„Wir hatten uns gut vorbereitet und sichere Verstecke gefunden!", fügt Bruder Heribert hinzu.

„Ja, zum Glück, wir waren schlauer, kommt, holt Euch Stühle und setzt Euch zu mir!" mit diesen Worten setzt sich Bruder Anselm an seinen großen, mit Leder bezogenen Schreibtisch.

„Gut, dass ihr alle da seid. Ich brauche dringend Hilfe hier. Es ist ein Segen, dass du gekommen bist, Amina! Du könntest die übrig gebliebenen Bücher sichten und ordnen, viele müssen repariert werden, das kannst du mit deinen feinen Fingern sicher gut. Was meinst du?"

Bruder Heribert jubiliert innerlich. *Das wäre wunderbar. Ich brauche nicht mehr mit den alten staubigen Büchern umzugehen. Viel lieber pflege ich den Garten und sorge für das Essen.* Amina kann kaum glauben, was sie hört. Mit Büchern umgehen? *Nie hätte ich auch nur davon geträumt, das ist einfach zu schön.*

„Ich soll nicht waschen und kochen?", fragt sie ungläubig nach.

„Ich erinnere mich, dass du mir früher einmal erzählt hast, dass du lesen kannst, weißt du noch, damals, als du mit der Kräutergrete hier warst und mich mit dem Buch im Garten gesehen hast? Ich brauche hier Hilfe, das andere kommt auch dran, wir wechseln uns doch ab. Aber so einen klugen Menschen wie dich können wir mit unseren Büchern betrauen. Bruder Heribert ist dadurch entlastet."

Amina dankt ihrer Mutter in Gedanken, dass sie ihr Lesen und Schreiben beigebracht hat. Die drei anderen sind zwar überrascht, aber sehr zufrieden mit den neuen Ideen Bruder Anselms.

„Es ist eine Ehre für mich, gern mache ich das", erwidert sie aufgeregt.

„Ja, Amina, dann kannst du gleich hierbleiben. Oder habt ihr zwei noch etwas für Amina, womit sie Euch helfen soll, dann kann sie auch später beginnen."

Bruder Heribert und Bruder Mercurius schauen sich an und lächeln. Bruder Mercurius weiß genau, was sein Klosterbruder denkt. „Nein, nein, es ist alles gut. Amina kann gern hier bleiben und deine Aufträge bearbeiten. Ich gehe in den Garten, " fügt Bruder Heribert hinzu, „und suche nach etwas Essbarem für später".

„Und ich möchte weitermachen und Schäden an den Möbeln ausbessern, wenn ich gefegt habe" fügt Bruder Mercurius an. Sie nicken und grüßen und gehen hinunter.

Bruder Anselm zeigt ihr, wo Reparaturen nötig sind.

„Schau, Amina, an diesem Buch löst sich der Rücken, der Leim sollte erneuert werden, die Mehlmotten fressen ihn gar zu gern. Damit könntest du beginnen.

Auf dem Tisch findest du noch andere Exemplare, die repariert werden können. Ich helfe auch. Das machen wir bis zur Sext und dann essen wir unser Mittagsmahl." Er steht auf und holte das Tablett mit den Werkzeugen und dem Leim. Er kehrt mit dem umfangreichen Tablett zurück. Der große Leimtopf steht in der Mitte und allerlei Werkzeuge liegen ordentlich gruppiert in einer Reihe. Staunend blickt Amina auf die Utensilien. *Wie interessant!*

Eifrig beugt sie sich über den schweren Folianten, den Bruder Anselm ihr vorgelegt hat. Sie fährt vorsichtig mit den Fingerspitzen über den mit Wülsten und Kerben verzierten Einband und den Rücken. *David hätte seine Freude daran, er liebt die Bücher wie ich, hoffentlich sehe ich ihn bald, vielleicht hat er eine Nachricht für mich.* Sie zieht das Tablett mit dem Leim näher an sich heran. Dann öffnet sie das Buch. Eine bunte Malerei, die einen Mönch im Studierzimmer zeigt, ziert das erste Kapitel über der Überschrift. Die Anfangsbuchstaben sind größer als die anderen und kunstvoll mit Ornamenten verziert. Sie atmet tief aus, nimmt ein Holzstäbchen aus einem kleinen Lederköcher und streicht es sanft über den Leimpinsel.

Bruder Anselm beobachtet sie eine Weile. *Unsere Bücher könnten in keinen besseren Händen sein. Was für ein Glück, sie eine Weile bei uns zu haben.* Er geht an seinen Tisch zurück und beginnt, einen anderen Folianten zu prüfen, darin zu blättern, hier und da zu lesen. Eine wunderbare, arbeitsame, einträchtige Ruhe liegt über den hohen Raum. Hier und da knistert es ein wenig in den Ecken oder von oben. Das Alter im Gebälk und in den Wänden.

Amina konzentriert sich, aber natürlich muss sie

immer wieder an Marco denken, eigentlich kann sie an nichts anderes denken, während sie die Arbeit verrichtet, die ihr aufgetragen wird. Noch nie hat sie solche Empfindungen für einen Mann erlebt. Sie hat eigentlich Angst vor Männern. Sie sind so anders als Frauen. Schon als Kind fürchtete sie sich vor den Wärtern im Zirkus, manche haben versucht, ihr den Rock hochzuziehen. Und dann der grässliche Herr Arnulf. Das war der Schlimmste. Sie hat Glück gehabt, dass er nicht in ihre Kammer gekommen ist, nachts, wenn alles ruhig war. Aber Marco, dem hat sie schon viel erlaubt, wie gern hat sie sich von ihm streicheln und küssen lassen, sein Geruch war so gut, nach Leder und Farben, und trotzdem so süß, sein Haar duftete immer nach einem wohlriechenden Öl.

Sie seufzt. *Keine Nachricht bis jetzt von David und Marco. Ich muss Geduld haben. Gott ist bei mir. Alles wird gut. Niemand vermutet mich hier. Marco wird bestimmt kommen. Ich habe alles richtig gemacht.*

Die Ruhe in der Bibliothek fühlt sich fast einschläfernd an, aber die Kälte, die auch hier herrscht, wenn auch nicht ganz so beißend wie im Refektorium, hält sie wach. Die Arbeit, das Lesen in den alten Schriften nimmt sie ganz gefangen. Das gelbliche, fast unversehrte Papier mit dem Geruch nach Alter, das weiche Leder der Einbände, es wirkt beruhigend.

Sorgfältig arbeitet sie mit Stäbchen und Pinsel, drückt das Leder vorsichtig auf die Stellen, von denen es sich gelöst hat. Bruder Anselm ist zufrieden, Amina ist glücklich. Sie blicken auf, ihre Augen treffen sich, sie lächeln und wenden sich dann wieder ihrer Arbeit zu.

20. Kapitel

Ein Brief

Liebe Amina,

ich bin jetzt in Seligenstadt angekommen. Davids Tante hat mich aufgenommen. Ich vermisse dich so sehr und wünsche mir, dass wir schon auf dem Weg sein könnten, fort von hier, aus dieser dunklen Stadt und der dunklen Zeit, die uns umgibt. Ich warte auf David, dass er dir die Nachricht überbringt, wenn er hoffentlich bald kommt. Wir leben in Ungewissheit, die einzige Gewissheit, die ich kenne, ist, dass ich dich liebe und nicht ohne dich sein will.

Amina, mein Lieb', ich muss dir etwas Wichtiges sagen: ich möchte dich heiraten, ich will, dass du meine Frau wirst. Ich habe schon so lange daran gedacht, auch als wir noch in Hörstein waren. Du bist mir so ans Herz gewachsen, ohne dich kann ich nicht mehr sein. Du bist so klug und so schön. Wenn alles vorüber bist, wird dein wunderbares Haar wieder lang sein und du wirst es nie wieder schneiden, versprich es mir, bitte.

Wenn wir uns sehen, werde ich Dir einen Antrag machen, wie es sein soll, denn Du bist zum Niederknien und ich werde es vor Dir tun mit all meiner Liebe!

Ich bitte Dich, nimm meinen Antrag an...es ist mein größter Wunsch, mein Leben mit Dir an meiner Seite zu verbringen. Ich verspreche Dir, ich werde Dir ein guter Ehemann sein. Du wirst es nicht bereuen, bei mir zu bleiben.

Wenn wir erst zusammen auf der Reise sind, dann ist es leichter, wenn du meine Frau bist, meine Angetraute. Wir suchen uns einen Priester, der uns trauen kann. Vielleicht sogar die Mönche

im Kloster und wir verlassen Seligenstadt dann als Mann und Frau.
Ich küsse dich zärtlich.

Marco legt die Feder zur Seite, um das Geschriebene noch einmal zu prüfen. *Hoffentlich habe ich die richtigen Worte gefunden und Amina fühlt sich nicht bedrängt. Sie ist der einzige Mensch, mit dem ich mir ein Zusammenleben vorstellen kann. Sie ist so klug und so schön.*

Er hat sich an sein bescheidenes Zimmer gewöhnt, der Tisch ist stabil und der Stuhl nicht unbequem, er hat seine Schreibutensilien ausgebreitet. Vor sich sieht er Aminas Gesicht, ihre dunklen fragenden Augen.

Wieder taucht er seine Feder in das kleine Tintenfass, um die Nachricht fertig zu schreiben, als er von draußen Stimmen hört, die Stimme des Jungen, der ihm das Haus gezeigt hat und das laute Lachen von David, das er so gut kennt. Die Feder fällt ihm aus der Hand, Tintentropfen spritzen auf das Papier und formen ein Muster, schnell streut er Sand darüber. Das Muster ähnelt dem Vogelflug, den er am Himmel sah, als er Seligenstadt betrat. Er späht durch das Fenster, ja, es ist David. Die Buchhändlerin läuft ihm gerade entgegen,

„David, wie gut, dass du da bist", hört er sie sagen, „Wie geht es deinem Onkel?"

„Er ist gesund, Tante, du musst dir keine Sorgen machen."

„Dein Malerfreund ist gekommen, David, wusstest du davon?"

„Marco ist da? Oh, so schnell, das ist gut, wo ist er?"

Marco stürzt aus der Tür, durch den schmalen Flur, tritt in den Garten.

„Hier bin ich, David, wie schön dich zu sehen!"

Sie umarmen sich, schütteln die Hände, lachen und klopfen sich auf die Schultern.

„Hast du von Amina gehört?", fragt David.

„Nein, noch nicht, sie wollte ins Kloster flüchten, ich schreibe ihr gerade, ich hoffte so sehr, dass du bald kommst."

„Das ist gut, Marco, ich bringe ihr die Nachricht, es wird sie beruhigen, zu wissen, dass du hier bist. Ich bin so froh, dass ihr beide den Weg geschafft habt und wieder zusammen sein könnt."

„Komm, David, jetzt isst du erst mal eine kräftige Kohlsuppe, du musst doch hungrig sein. Ich habe sogar ein Stückchen Huhn von meiner Nachbarin bekommen, das ist heutzutage selten genug. Marco, du kannst auch davon essen, kommt beide in die Küche, es ist ganz frisch gekocht."

„Danke, Madame, sehr freundlich", erwidert Marco.

Die Aussicht auf ein warmes Essen und eine Unterhaltung mit David hat augenblicklich seine Stimmung verbessert.

„Hast du neue Bücher und Blätter dabei?", fragt er David, der nickt.

„Warte, ich zeig sie dir gleich!"

„Erst wird gegessen, kommt, alles ist fertig!"

Sie folgen der Tante in die Küche, die Suppe riecht köstlich. Beide merken erst jetzt, wie hungrig sie sind.

„Und was hast du auf der Reise gesehen, mein Freund?", fragt Marco. David blickt ihn an.

„Traurig sieht alles aus. Die Felder verbrannt, die Häuser Ruinen. Überall Trauer und Leid. Wenig zu beißen haben die Menschen, viele Neugeborene sterben. In Hanau haben sie nicht genug Wasser, viele Menschen laufen lange Wege, bevor sie einen sauberen Brunnen finden, das ist sehr schwer für die Frauen und Mädchen, die das Wasser holen."

Marco schüttelt den Kopf:

„Wenn der Krieg doch bald enden könnte, immer wieder hören wir von Scharmützeln und Schlachten. Die Bevölkerung hungert, weil die Soldaten Uniformen, Pferde und Waffen brauchen. Die Oberen haben immer genug zu essen."

„Ja, hör mal, was Johann Rist sagt, genauso fühle ich auch:

> *O Ewigkeit, du Donnerwort,*
> *O Schwert, das durch die Seele bohrt,*
> *O Anfang sonder Ende!*
> *O Ewigkeit, Zeit ohne Zeit,*
> *ich weiß vor großer Traurigkeit*
> *nicht, wo ich mich hinwende."*

1

„Ich bewundere dich, David, dass du so viele Gedichte im Kopf behältst. Ich kann das nicht!"

„Danke. Ich liebe eben die Worte und unsere Dichter sind dazu da, uns die wahrsten und schönsten zu bringen. Hör mal dies:

> *Wer will vergnüglich alten,*
> *soll mit niemand Feindschaft,*
> *mit jedermann Freundschaft,*
> *mit wenigen Gemeinschaft,*
> *mit vielen Kundschaft halten*
> *und lassen Gott dann walten.*

Das habe ich schon selbst erfahren, glaub mir, auf meinen Reisen sehe ich so viel."

---

[1] Johann Rist, (1607 - 1666), deutscher Barockdichter und Pfarrer

„Ich weiß, David, ich weiß, die Menschen sind überall gleich. Aber hier hat niemand Spaß. Sie verkriechen sich so sehr, kein Wunder, bei dem kalten Wetter, selbst im Sommer kann es abends kühl sein. Wo ich herkomme ist es ganz anders! Die Menschen sitzen vor ihrer Tür und unterhalten sich. Vorbeigehende kommen oft dazu und trinken etwas!"

Marco seufzt.

„Ich möchte so bald wie möglich fort! Ich will mit Amina in die Niederlande. Ich kann ihr nicht zumuten, im Winter über die Alpen zu klettern. Das ist schon im Sommer schwer genug."

„Da hast du wohl Recht, Marco, mein Bruder. Ich werde dich so vermissen!" antwortet David.

„Und noch etwas, David: ich will Amina heiraten, meine Liebste will ich als meine Frau mitnehmen und hoffe, sie sie wird mich erhören. Ich war gerade dabei, ihr zu schreiben, als du gekommen bist."

„Sie will, Marco, ich bin ganz sicher!"

„Denkst du es wirklich, David?"

„Ja, bestimmt, Marco, ich irre mich selten. Ihr beide seid so ein schönes Paar. Ich wünsche Euch alles Glück der Welt. Schreib deinen Brief zu Ende, nachher bringe ich ihn dann zum Kloster. Amina ist etwas ganz Besonderes auf dieser Welt. Noch nie habe ich jemanden wie sie getroffen."

„Schaffst du es denn, den Brief heute noch zu ihr zu bringen?"

„Ich will's versuchen, Marco, versprochen."

Marco kehrt in sein Zimmer zurück, liest nochmal den angefangenen Brief durch, nimmt die Feder zur Hand und fährt fort:

David ist jetzt gekommen, Amina, er wird diesen Brief noch heute zu dir bringen.

Amina, ich habe darüber nachgedacht, dass wir es vor dem Wintereinbruch in den Alpen nicht schaffen werden, sie zu überqueren. Ich bitte dich inständig, geh' mit mir in die Niederlande, dort werden wir friedlich leben können, bis der Frühling kommt. Ich bin sicher, wir werden bei anderen Malern Hilfe finden. Du könntest mit deiner schönen Schrift für Leute, die nicht schreiben können, Briefe schreiben. Dann können wir den Weg über die Alpen wagen, wenn sie schneefrei sind auf der Höhe, die wir benutzen müssen.

Amina, denke immer daran, dass ich dich überall hin begleite in meinen Gedanken. Vertrau mir, ich bin immer bei dir.
Ich liebe dich so sehr.

Immer dein Marco

Er streut Sand über die feuchte Tinte, faltet das Blatt dann zusammen. Siegelwachs hat er nicht zur Verfügung, er faltet den Brief klein, so dass David ihn ohne großes Aufhebens übergeben kann.

21. Kapitel

Nachricht für Amina

Am Samstagnachmittag hat sich die Unruhe des Morgens und Mittags in Ruhe verwandelt. Schläfrig fast liegt Seligenstadt da. Gerade richtig, um nach den Kräutern im Klostergarten zu schauen. In einem Körbchen trägt Amina ein Messer und etwas Bast, die Handschuhe mit abgeschnittenen Fingerlingen hat sie schon angezogen. Sie ist die Einzige im Hof, überquert ihn, geht einige Stufen hinunter und da liegt gleich schon der Kräutergarten. *Ich werde einen kleinen Rundgang im Garten machen, die Rosen blühen noch so schön und die Spaliere hinten an der Mauer tragen schon kleine Birnen und Äpfel.* Sie seufzt. *Der Sommer neigt sich. Wann werde ich Marco sehen, mich friert schon jetzt ohne ihn.* Der ziehende Schmerz in ihrem Herzen macht sich wieder bemerkbar …

Sie setzt sich einen Augenblick auf eine Bank und faltet die Hände. *Marco!* Sie atmet tief ein und aus. Ihre Mutter hat es ihr beigebracht, es soll helfen, ruhig zu werden. Sie versucht es, die Schmerzen vergehen nicht, innerlich zittert sie. *Sofort würde ich mit ihm ziehen*, hier hält sie nichts, sie würde überall mit ihm hingehen. Sie lehnt sich an die Banklehne, die warm ist von der Sonne. Sie schließt die Augen und stellt sich Marcos Gesicht vor, seine strahlenden Augen, die schwarze Haarsträhne, die ihm ins Gesicht fällt. Er steht vor ihr und breitet die Arme aus. Sie will sich hineinwerfen, plötzlich hört sie ein leises Zischen, das sie aus ihrer Trance holt, tsss, tsss, tsss. Sie blickt um sich. Wieder hört sie die Laute, sie kommen von dem Tor in den Spalierwänden, das hinter ihrer Bank liegt. Da sieht sie, wie sich langsam erst ein Auge und die Nase, dann ein Gesicht, vor die Stäbe des Eisentors schiebt, nur die Hälfte sieht sie, und weiß, es ist Davids Gesicht, immer freundlich, das tut so gut. Sein gebogener Zeigefinger winkt ihr und wie von einem Band gezogen nähert sie sich dem Tor. Er schiebt einen kleinen weißen Gegenstand in ihre ausgestreckte Hand, die zusammengefaltete Nachricht.

„Marco ist bei uns", flüstert er, „er hat dir geschrieben, ich komme morgen um diese Zeit und hole deine Antwort. Er bleibt bei uns. Ich muss wieder gehen."

„Wie geht es ihm?", fragt sie.

„Gut, er hält es kaum aus ohne dich und wie geht es dir?"

„Sie sind alle so nett zu mir hier, ich bin so dankbar. Sag ihm, wie sehr ich ihn vermisse."

„Mache ich, jetzt muss ich gehen, morgen komme ich wieder, ich warte hier."

Er winkt und fort ist er. Sie blickt auf die Nachricht, blickt um sich, setzt sich wieder auf die Bank und faltet sie vorsichtig auseinander.

22. Kapitel

Noch ein Brief

Amina liest Marcos Brief, faltet ihn zusammen, faltet ihn wieder auseinander, immer wieder, sie weint, drückt ihn an ihr Herz und steckt ihn schließlich in ihre Bluse. *Marco, mein wunderbarer zärtlicher Marco. Er wird mein Mann. Ich werde seine Frau. Ich bin nicht mehr allein. Mama, Papa, könnt ihr vom Himmel sehen, wie glücklich ich bin. Gott, ich danke dir, du stehst mir bei und lässt mich nicht allein in dieser unheimlichen Welt.* Wie lange es her ist, dass ich weinen konnte. Ich muss in meine Kammer und ihm antworten, damit David meine Antwort morgen mitnehmen kann.

In ihrer Kammer holt sie die Feder und das Tintenfass unter ihrem Pult hervor, aus der Bibliothek hat sie zwei Bögen Papier mitgenommen. Sie taucht die Feder in den Rest der Tinte ein, immer wieder, und schreibt, ihre Finger zittern. Sie spricht schnell ein Gebet und bittet um innere Ruhe.

„Lieber Marco, ich danke dir für deinen Brief, du hast mich so glücklich gemacht.

Ich nehme deinen Antrag an, ich danke dir so sehr und freue mich auf unser neues Leben. Ich musste weinen. Ich liebe dich und will alles tun, um dich glücklich zu machen, mein lieber lieber Marco!

So schnell bist du gekommen. Ich habe es gut hier bei den Mönchen, sie teilen alles mit mir und sorgen für mich. Sie stellen auch keine unnötigen Fragen, ich versuche, ihnen zu helfen, so gut ich kann. Ich darf sogar in der Bibliothek mitarbeiten und die großen schweren Bücher ausbessern. Trotzdem habe ich Angst. Ich möchte so schnell es geht fort von hier. Ich kann mich hier niemals sicher fühlen. Marco, ich gehe mit dir überall hin, ich vertraue dir. Ich habe große Angst, im Herbst über die Alpen zu gehen, der Schnee fällt dort so früh.

Dein Vorschlag, dass wir in die Niederlande gehen sollten, um dort den Winter zu verbringen, ist so gut. Ich habe gehört, dass es in den Niederlanden viel freier zugeht. Auch, dass der Krieg dort zu Ende ist, während er hier immer noch weitergeht. Dieser grauenvolle Krieg, und jeden Tag sterben mehr Menschen. Viele Maler sollen in den Niederlanden wohnen, auch ein ganz berühmter, Rembrandt heißt er. Er hat dort ein großes Atelier. Vielleicht können wir ihn aufsuchen. Ich kann es nicht erwarten, mit dir dorthin zu gehen. Eine neue Zeit wird anbrechen.

Ich liebe dich so sehr.
Deine Amina

Sie hört auf, streut Sand über das Papier und liest alles noch mal durch. Sie schreibt so gern und ihre Schrift ist kunstvoll.

Fertig. Hoffentlich kommt David bald, dann kann ich ihm den Brief geben.

Sie fühlt sich auf einmal so leicht. Voller Hoffnung. Vielleicht gibt es doch noch ein gutes Leben für mich. Ein Leben mit Marco, mit Menschen, die nicht auf mich herabblicken. Ich könnte Briefe schreiben für andere, die es nicht können. Und Marco helfen, seine Farben zu mischen. Das wäre so schön. Träumerisch blickt sie zu den schmalen Fenstern und sieht sich mit Marco in einem Zimmer, er malt, sie schreibt ... Noch ein Traum jetzt, aber es muss ja kein Traum bleiben ...

23. Kapitel

Besuch bei Maria

„Gnädige Frau, unsere Schergen sind bis heute nicht fündig geworden." Der Richter verbeugt sich. Maria sitzt zusammengesunken in ihrem mit blauem Damast bezogenen Sessel. Ihre schlanke Figur ist in diesen Tagen abgemagert, die Spitze an den Ärmeln ihres weißen Morgenkleides verhüllt kaum die dünnen Finger. Der Richter fährt fort: „Alle Nachforschungen blieben vergeblich. Niemand weiß etwas, das zu einem Ergebnis geführt hätte. Der Tod Eures Gatten bleibt rätselhaft."

„Das habe ich befürchtet, Herr Richter, es wird sehr lange dauern, wenn es überhaupt möglich ist, die Wahrheit herauszufinden. Und wie sollen wir meinen Gatten begraben? Wie denn? Ohne Pfarrer, ohne geistlichen Beistand."

Der Medicus nimmt ihre Hand.

„Maria", sagt er und achtet nicht auf den Richter. Sie beginnt zu zittern. Hitze durchflutet sie und Röte überzieht ihr Gesicht.

„Wir werden es alle zusammen tun. Die Mönche sind hier, sie werden die Riten am Grab lesen, dies sind Zeiten, wo alles auf den Kopf gestellt ist, wir können uns nicht um Förmlichkeiten kümmern."

„Das Allerschlimmste ist, dass der oder die Täter nicht gefunden worden sind, bis jetzt. Ihr wisst, was es bedeutet. Ein Erschlagener soll ohne Glockenklang beigesetzt werden. Er konnte ja nicht mal die Sterbesakramente entgegennehmen. Gott hat ihn einfach so ins Jenseits abberufen. Als ob diese Strafe nicht schon grauenvoll genug wäre. Wir werden nie erfahren, warum dies alles geschah. Und nicht mal das Leibzeichen[2] können wir bestatten, weil wir den Mörder bis jetzt nicht gefunden haben."

Wieder schluchzt sie.

„Wir werden ein Steinkreuz[3] errichten müssen. Da

---

[2] Jedoch erwirkte die Priesterschaft eine Milderung dieser Strafe durch die Begehung des Leib-(Leich-)Zeichens, das in der Prozession des Katafalks zur Kirche bestand. Man entfernte Finger oder Hand vor der Bestattung des Toten von dessen Körper, da es als Beweis der Mordtat auf den Richtertisch gelegt werden musste. Die Bestattung des Leibzeichens durch die Priesterschaft musste der Mörder vornehmen lassen. Wurde der Täter nicht ermittelt oder gefasst, so durfte das Leibzeichen nicht geweihter Erde übergeben werden. Der Getötete wurde gleichsam der Kategorie der Selbstmörder zugeordnet.

[3] Die Steinkreuzerrichtung verfolgte eine ähnliche Absicht wie das Eintragen in die Totenbücher. "Auch sie (die Steinkreuze. L. Seh.) dienten dem Zweck, das Andenken an den Erschlagenen sowie gleichzeitig an die Untat, welche seinem Leben ein Ende setzte, aufrecht zu erhalten und durch ihr Dasein Vorübergehende aufzufordern, für die Seele des Dahingeschiedenen ein stilles Gebet zu verrichten. Die Steinkreuze sind in ihrer großen Mehrzahl Rechtsaltertümer aus der Feudalzeit. Sie fallen unter das Seelgerät, das in allen mittelalterlichen Sühneurkunden verlangt wird. Der Begriff der Sühne geht bis in frühgermanische Zeit zurück und dient der Verhinderung der Blutrache und damit der Stabilisierung der Gesellschaft. Totschlag bleibt ein Privatdelikt, jedoch wird der Vergleich von öffentlicher Hand vorgenommen. Standesunterschiede von Getöteten kommen in Form, Größe und etwa vorhandener Ritzzeichnung der Steinkreuze zum Ausdruck.

Die Steinkreuzerrichtung ist ein Zeugnis mittelalterlich-feudalistischer Rechtspflege, die für die Bestrafung von Totschlägern keine gültigen Rechtsnormen kannte. Sie zeugt von der Selbsthilfe der Bevölkerung.

http://www.suehnekreuz.de/RB/aufsaetze01.html

wir selbst die Bestattung vornehmen, mithilfe der Totengräber, machen wir keine Schenkung. Aber ein Steinkreuz muss sein, dafür brauchen wir einen Steinmetz."

„Gnädige Frau, bitte beruhigt Euch", tröstet Richter Siebenhaar. „Wir sind alle bei Euch, Ihr seid nicht allein, Ihr sagt uns, was Ihr braucht, wir führen alles so aus, wie Ihr es wünscht und wie es unsere Möglichkeiten erlauben, in diesen schweren Zeiten. Glaubt mir, Hilfe wird kommen." Mit diesen Worten verabschiedet Richter Siebenhaar sich und verbeugt sich.

„Ich bleibe noch ein wenig!" beginnt der Medicus, „Bis Frau von Eden sich ein wenig beruhigt hat."

„Unbedingt, lieber Medicus, sie braucht eine starke Hand, die sie stützt, niemand könnte dies besser als sie." *Es geht mich ja nichts an, aber es sollte mich nicht wundern, wenn das Interesse des Medicus an Frau von Eden mehr als professionell sein sollte.*

„Gnädige Frau," er wendet sich Maria zu, „es beruhigt mich zu wissen, dass der Medicus Euch und Eurer

Tochter beisteht. Niemand könnte dies besser. Ihr Gatte hatte ja keinen Bruder, und Ihr nur die Schwester in Gelnhausen…" „Ja, und sie ist hochschwanger" schluchzt Maria, „Amina sollte ihr beistehen, und nun ist sie fort. Wo kann sie nur sein?"

„Auch nach ihr wird gesucht, gnädige Frau, sie hat sich umso mehr verdächtig gemacht mit ihrer Flucht. Unsere Büttel lassen nicht nach in ihrer Suche. Seid gewiss!"

Viel wird es nicht nützen, denkt der Richter, er kennt seine Leute. Er hat schon die besten ausgesucht, *aber wer arbeitet schon gern in diesen Zeiten, mit karger Belohnung?* Laut sagt er „wir tun was wir können, Gnädigste!"

„Ganz sicher", bestätigt der Medicus, „es bleibt uns nichts übrig, als zu warten!"

Nachdem der Richter gegangen ist, wendet der Medicus sich Maria zu: „Nochmal, liebe liebe Maria, ich bin bei Euch, verzagt nicht." Er steht auf und küsst sie mit einem Hauch auf die Stirn. Er hält ihre beiden Hände, sie hält den Kopf gesenkt. Sie wagt nicht, ihn anzublicken. „Maria", beginnt der Medicus wieder, und hebt sanft ihr Kinn an. „Ihr wisst, wie sehr ich Euch verehre. Schon seit wir Kinder waren, denkt auch Ihr manchmal noch an diese Zeit? Mir ist als ob es gestern war." Maria erinnert sich nur zu gut. Immer, wenn andere sie ärgerten, war der Medicus da, plötzlich, natürlich hieß er damals nicht Medicus, sondern Friedemann von Hohenstein. Einmal besuchte ihre Mutter die Mutter von Friedemann und Maria begleitete sie. Friedemann fragte, ob er Maria die Ställe zeigen dürfe, mit den schönen Pferden. Frau von Hohenstein rief ihre Zofe Franziska, damit sie die Kinder begleite. Die drei gingen zu den Ställen. Die zimperliche Zofe wartete draußen, „damit ich mir nicht mein Kleid beschmutze. Ich warte draußen, beeilt Euch."

Friedemann hatte Marias Hand genommen und führte sie von Box zu Box. „Dies ist Ludo, ich darf ihn reiten", erklärte er Maria. Sie blickte zu dem großen braunen Fuchs hoch, ihr blondes Haar unter der Spitzenhaube lockte sich über ihren Rücken. Friedemann hatte sich zu ihr gebeugt und einen Kuss auf ihre Wange gehaucht, nur gehaucht. Sie waren beide zwölf Jahre. Diesen Augenblick hatte sie nie vergessen und von da an Friedemann geliebt.

Ihm war es genauso gegangen. Er hatte nie geheiratet, Maria aber wurde gezwungen, Arnulf von Eden zu heiraten.

„Weißt du noch, Maria, damals bei uns im Stall. All die Jahre habe ich dich in Gedanken begleitet. Es war schrecklich für mich, deine Hochzeit zu erleben. Ich weiß, es ist früh, aber nun bist du frei. Wir haben noch Zeit, viel Zeit für uns. Ich stehe dir in allem bei, du bist nicht allein. Auch um Anna werde ich mich kümmern."

Er umarmt und küsst Maria nun auf ihr Haar, hält sie fest und streichelt sie beruhigend.

Sie wissen nicht, dass Anna hinter dem Vorhang, der die Zimmer trennt, sie beobachtet und lächelt.

24. Kapitel

Lasten

„Martha, was bedrückt dich, du atmest so schwer?"

Bastian kommt ins Schlafzimmer, er hat die Tiere versorgt, trägt einen Becher warmen Tee für Martha, stellt ihn auf dem Nachtkästchen ab.

„Trink, Martha, das wird dir gut tun, es ist Himbeerblättertee. Du solltest davon mehr trinken, es wird dir helfen, wenn du in die Wehen kommst. Denke nicht so viel nach, jetzt ist eine ganz besondere Zeit, nicht mehr lange wirst du so schwer an deiner Last zu tragen haben."

„Ach, Bastian, danke."

Sie richtet sich ein wenig auf. Bastian rückt das Federkissen in ihrem Rücken zurecht. Liebevoll streicht er über ihren Kopf und ihre Wangen. Martha nimmt den Becher und trinkt den Tee in kleinen Schlucken. Eine Haarsträhne fällt ihr ins Gesicht, ihre dicken dunklen Zöpfe liegen auf ihren Schultern. Sie hat tiefe dunkle Ränder unter den Augen mit den geröteten Lidern.

„Ich frage mich die ganze Zeit, was du mit dir herumträgst, du bist schon lange so in dich gekehrt, ich fühle, wir haben uns voneinander entfernt", seufzt Martha.

Bastian friert es, obwohl er, der so stark und groß ist, nie friert. Jetzt ist er blass unter der Sommerbräune, seine Pupillen erweitert, er wirkt angespannt. Zum ersten Mal fallen Martha die grauen Haare an Bastians Schläfen auf, auch in die Stirn fällt eine Strähne, die silbern durchsetzt ist. *Er ist noch viel zu jung für graues Haar. Er arbeitet viel zu schwer. Wir haben es nicht leicht. Zum Glück kann der Herr nun keine seiner grausamen Forderungen mehr an ihn stellen.* Eine Wolke zieht über die Sonne, das Zimmer verdunkelt sich augenblicklich und Kälte scheint hereinzufallen.

„Nein, Martha, das haben wir nicht. Ich bin ganz bei dir, daran darfst du nie zweifeln. Hab Vertrauen, ich weiß, dass du dich schonen musst. Deine Zeit kommt näher, nicht mehr lange ist es, dann sind wir beide zu dritt, wir haben unser Kind, das wir uns schon so lange wünschen."

„Bastian, ich meine etwas anderes. Ich glaube, du weißt mehr über den Tod des Herrn, als du sagst. Du kommst mir vor, als ob du schwer daran trägst. Sag mir, was du weißt."

Bastian setzt sich. Er kann und will Martha nicht belügen. Mit dem Gespür der Frauen hat sie seine Seele berührt. Er ist nicht so hartgesotten, wie die Männer immer erscheinen müssen. Er kann das Versteckspiel nicht mehr aufrechterhalten. Als ob ein Reifen gesprungen ist, der seine Brust umklammerte, spricht er jetzt:

„Martha, ich werde dich nicht belügen. Ja, ich weiß mehr."

Er atmet tief ein und aus. Schweiß steht jetzt auf seiner Stirn.

„Ich bin es, der für seinen Tod verantwortlich ist."

Ein Schrei entfährt Martha, ein Schrei, der wie ein Schwert Bastian ganz und gar durchdringt. Er beugt sich über sie, umarmt sie fest und es bricht aus ihm heraus, wie er seit Monaten den Wein für den Herrn mit Bilsenkraut versetzt hat, wenn dieser Wein für sich abholen ließ. Und viel Wein hat er geordert, um ihn mit seinen Kumpanen zu trinken. Und wenn Arnulf bei Bastian auf dem Hof erschien, um bei ihm zu trinken, bevor er auf seine Streifzüge ging, erhöhte Bastian die Dosis. Er hatte immer Bilsenkraut Auszug in seinem Keller, um ihn dem Wein hinzuzufügen. Arnulf wurde davon schneller betrunken und lobte Bastians guten Wein umso mehr.

„Wie lange schon, Bastian?", flüstert Martha, „wie lange?"

„Viele Monate, Martha. Es sollte langsam wirken, nun hat es gewirkt und es wird auch seine Kumpane noch treffen. Oder auch nicht, ich weiß es nicht. Sie kommen ja noch nicht hierher, es sind die starken Dosierungen. Irgendwann haben sie dann bei dem Herrn dazu geführt, dass er jetzt tot ist."

Martha weint. „Warum, Bastian, warum? Ist es wegen Roland? Sag' es mir bitte!"

„Martha, seit damals war ich nie mehr glücklich, seit der Hochzeit meines Bruders, die so grausam endete. Ich habe nie aufgehört, daran zu denken. Es hat sich in mich hineingefressen wie ein Wundbrand, ich habe mir damals geschworen, dass diese Tat des Herrn nicht ungestraft bleiben kann. Ich war ja noch so jung, aber ich wusste es, dass es einmal so kommen würde, wenn nicht etwas anderes den Herrn von dieser Erde verschwinden lässt. Er ahnte ja nicht, dass ich alles beobachtet hatte."

„Bastian, nun sind wir alle verloren, sehr bald werden sich Leute an damals erinnern und den Finger darauf legen. Es kann nicht mehr lange dauern." Sie weint lautlos, verzweifelt.

„Bastian, ich habe solche Schmerzen, das Kind bewegt sich so sehr und stößt mich so stark. Ich glaube, ich brauche auch etwas Wein."

Bastian steht auf. „Ich hole ihn dir, Liebste, ich werde ihn etwas wärmen."

Es klopft an der Tür.

25. Kapitel

Geburt

Erschrocken blicken beide sich an. Gerade jetzt muss es klopfen. „Lass mich nachsehen, wer zu uns kommt, heute am Sonntag und so früh am Tag." Bastian steht auf.

„Hoffentlich sind es nicht wieder die Schergen, sie nehmen keine Rücksicht, nicht mal am Tag des Herrn kann man vor ihnen sicher sein."

Er öffnet die Tür.

„Guten Morgen, Bastian!", grüßt Ignaz und Leupold hinter ihm nickt Bastian zu.

„Hoffentlich kommen wir nicht ungelegen. Wir machen uns Sorgen um Martha. Wir sind auf dem Weg nach Hörstein, nichts lag näher, als bei Euch vorbeizuschauen."

Bastian schluckt. Lieber wäre er jetzt allein mit Martha. Doch er öffnet die Tür weit:

„Kommt herein, es ist sehr aufmerksam von Euch, an uns zu denken."

„Dürfen wir nach Martha sehen?", fragt Ignaz.

„Gern, sie liegt im Bett, sie gefällt mir nicht, sie ist so schwach. Gerade hat sie mir gesagt, wie sehr ihr Bauch schmerzt, ich will ihr etwas Wein wärmen. Außerdem gebe ich ihr Himbeerblättertee, die letzten sechs Wochen sollte sie ihn mehrmals am Tag trinken. Es wird die Wehen erleichtern."

„Recht so, Bastian. Leupold, warte hier, lass mich zu Martha gehen."

Mit diesen Worten erhebt sich Ignaz.

Er findet Martha, wie sie sich im Bett windet.

„Ich habe solche Schmerzen und ich habe mein Wasser verloren", flüstert sie. Dicke Schweißperlen stehen auf ihrer Stirn.

„Bastian, geh und setze einen großen Kessel Wasser auf, bringe saubere Tücher!", ruft Ignaz.

„Das Kind wird bald kommen."

Er erinnert sich an die letzte Geburtshilfe, die er geleistet hat auf ihrer Reise. In einem kleinen Dorf hat er einer Frau beigestanden.

„Hole Faden, eine Kerze, ein scharfes Messer, beeil dich!", gibt er Bastian weitere Anweisungen.

„Leupold, komm und hilf mir hier!", ruft er seinen Gefährten.

„Martha, wir sind bei dir, alles wird gut, ich helfe dir. Du hast eine Sturzgeburt. Atme gleichmäßig ein und aus!" Ignaz redet beruhigend auf Martha ein, während Bastian fieberhaft alles zusammensucht, nachdem er den Wasserkessel auf den Herd gestellt hat. Leupold ist herbeigeeilt, er steht am Kopfende des Bettes, hält Martha an den Schultern und tröstet:

„Du schaffst es, Martha, wir alle gemeinsam."

Marthas Bauch bewegt sich bei jeder Wehe, ihre Hände halten sich an Ignaz' Armen fest. Leupold massiert ihr etwas den Rücken und wischt Martha mit einem Tuch den Schweiß vom Gesicht.

„Es tut so weh", stöhnt Martha. Oh Gott im Himmel, Allmächtiger, steh' mir bei! *Als ob eine große Hand mich zusammenpresst und gleichzeitig auseinanderreißen will,* fühlt sie sich. *Was geschieht mit mir,* ob sie will oder nicht, alles ist Schmerz, sie ist Schmerz. Sie gibt sich ihm hin. Etwas anderes, Größeres hat jetzt Macht über ihren Körper. Sie lässt es geschehen, kann nicht anders.

„Das Kind kommt jetzt, Martha. Leg dich bequem

hin, spreize deine Beine ein wenig!", hört sie Ignaz sagen. Sie schiebt den Rock etwas hoch.

„Es drückt so stark", flüstert Martha.

„Ich sehe schon den Kopf, bei der nächsten Wehe presse", weist Ignaz sie an. Leupold gibt ihr ein zusammengefaltetes sauberes Tuch.

„Beiße drauf, es hilft, gleich ist dein Kind da, Martha, es dauert nicht mehr lange. Du bist stark!"

Trotz der Schmerzen wird Martha von einem überwältigenden Hochgefühl erfasst, als Ignaz vorsichtig den kleinen Kopf herauszieht, die kleine zarte Schulter ein wenig dreht; und da ist er - der kleine Junge. Sein Schrei ist erst etwas kläglich, wie ein Wimmern, doch dann wird er laut und kräftig. Bastian hat gesehen, wie der Kleine herausgleitet. Er steht am Fußende des Bettes. Leupold hält Marthas Schultern, Ignaz legt ihr das Kind auf die Brust und deckt es mit einem Tuch etwas zu. Die Nabelschnur pulsiert. Bastian umarmt Martha und sie blicken beide auf ihr Kind, das an seinem Daumen saugt und ganz ruhig auf Marthas Brust liegt.

Martha blickt auf ihren Sohn, sie küsst ihn und denkt *‚kein Mal auf seiner Wange'*. Die Männer schlucken, Ignaz betet ein Dankgebet.

„Leupold, hier, nimm Bastian den Faden ab, trenne ihn in der Mitte durch und ziehe die Enden durch die Kerze!", ordnet Ignaz an. Er nickt Leupold zu, der alles ausführt. Ignaz nimmt die Fäden und wickelt sie vorsichtig an zwei verschiedenen Stellen um die Nabelschnur. Dann durchtrennt er vorsichtig das Stück Nabelschnur zwischen den abgebundenen Teilen. Martha blickt auf ihren Sohn, *‚kleiner Andreas'* spricht ihre innere Stimme.

„Er soll Andreas[4] heißen, der Tapfere", flüstert sie, „schon an seiner Geburt muss er tapfer sein."

Wieder fühlt sie die Schmerzen, sie haben kaum nachgelassen. Ihr Bauch ist immer noch so hoch.

„Es fängt wieder an, Ignaz, es drückt wieder so stark."

„Es kommt noch ein Kind, Martha, es bewegt sich! Presse noch mal, sei noch einmal stark, es ist bald vorbei."

Ignaz streichelt sie und sieht, wie der Bauch sich bewegt.

„Noch eins?", rufen Martha und Bastian wie aus einem Mund. „Ja, es ist nicht die Nachgeburt, es ist ein zweites Kind!", bestätigt Ignaz.

Martha presst wieder, sie stöhnt. „Ich kann nicht mehr, wie lange noch, Gott, bitte steh mir bei, steh uns bei, verlass uns nicht", flüstert sie. Ignaz zieht das zweite Kind heraus, ganz vorsichtig und langsam, diesmal geht es ein wenig leichter.

„Noch ein Junge!"

Und wieder legt er den Kleinen in ein Tuch und in Marthas Arm. Deutlich sieht sie ein kleines braunes Muttermal auf seiner linken Wange. *Das Mal also. Das Zeichen.*

„Das ist mein zweiter Sohn, Sebastian,[5] der Erhabene, der Gerechte, so soll er heißen. Bist du einverstan-

---

[4] Andreas ist in Deutschland ein sehr beliebter Name und ist griechischen Ursprungs. Andreas bedeutet eigentlich "der Mannhafte oder der Tapfere". Er gelangte schon in hellenistischer Zeit nach Palästina und wurde so zum Namen eines Apostels. Dadurch fand Andreas in der christlichen Welt eine weite Verbreitung.

[5] der Verehrungswürdige, Erhabene. Wissenswertes: Name mehrerer Städte im Orient, da Sebastianós als griechische Übersetzung des lateinischen kaiserlichen "Augustus" gilt. Nach der Legende war der heilige Sebastian Tribun der kaiserlichen Garde im 15. Jahrhundert.

den, mein Liebster?"

Bastian nickt, er kann nicht sprechen, sein Hals ist wie zugeschnürt. Er nickt und küsst sie auf die Stirn. Wie eine Madonna liegt sie da in den Kissen, so blass, doch mit glänzenden Augen.

„Es ist ein Wunder, ein großes Wunder!", sagt Ignaz.

„Du bist so eine tapfere Frau, du hast es großartig gemacht." *Und Gott hat ihn zur rechten Zeit geschickt* denkt Bastian. Laut sagt er: „Ihr seid uns vom Himmel geschickt, liebe Freunde!"

Noch einmal bindet Ignaz von dem zweiten Kind die Nabelschnur ab.

„Danke", flüstert Martha, „danke, ohne Euch hätte ich es nicht geschafft."

„Eine Sturzgeburt", fügt Ignaz hinzu, „unglaublich, so plötzlich, sie wollten nicht länger in deinem Bauch bleiben, wo es ihnen wohl zu eng geworden ist. Andreas hat zu Sebastian gesagt, komm, wir gehen hinaus, wir wollen diese Welt und unsere Eltern sehen."

Martha lächelt.

„Oh, meine Kinder, ich werde alles tun, dass diese Welt gut wird und geheilt werden kann."

Sie küsst die Köpfe der beiden.

„Ignaz, Leupold, wie kann ich Euch jemals danken? Niemand hätte mir besser beistehen können."

„Etwas Schöneres hättest du nicht sagen können, Martha", antwortet Ignaz.

„Nun sind wir alle unzertrennlich geworden."

Sie beten alle.

„Ich hole Wasser und Tücher für meine Söhne!", verkündet Bastian. „Sie brauchen jetzt ein warmes Bad!"
„Wir helfen dir!" erwidern de Mönche wie aus einem Mund.

Bastians und Marthas Augen treffen sich, bevor er geht. Wissende Augen, denkt Martha, hat Bastian, unsere schrecklichen Geheimnisse teilen wir an diesem Tag. Sie wendet sich den Kleinen auf ihrer Brust zu. Freude und Schmerz, Verzweiflung und trotzdem Hoffnung besetzen ihr Herz und ihren Verstand, sie lässt sie wie eine Flutwelle über sich ergehen und streichelt die weichen Wangen ihrer Kinder, küsst ihren zarten Scheitel.

„Sie sind Sonntagskinder", sagt sie laut, „sie werden uns das Glück ins Haus bringen."[6]

„Leupold!", spricht Ignaz seinen Gefährten an, bevor sie Bastian helfen.

„Unser Plan ist für heute nicht mehr durchführbar. Wir gehen zurück und verkünden die gute Botschaft auf dem Eden Hof. Frau von Eden wird nach dem Medicus senden, um nach Martha zu sehen. Es ist alles gut, Martha, ich sehe keine Komplikationen, trotzdem sollte ein Arzt dich sehen. Du brauchst auch Mutterkorn, damit sich die Gebärmutter gut zurückbildet, Tee ist gut. Erstmal sollst du jetzt eine kräftige Suppe bekommen."

„Ich koche sie gleich", ruft Bastian, „erstmal Tee und dann die Suppe, mein Lieb", wendet er sich an Martha.

---

[6] Jungbauer schreibt dazu im HDA (Handwörterbuch des Deutschen Aberglaubens, Band 8, S. 114):
"*Mit der Einführung der Planetenwoche brachte man die an diesem Tage Geborenen mit dem Tagesgestirn in Verbindung. Wie die Sonne alles sieht und an den Tag bringt, so war es natürlich, auch den am Sonntag Geborenen die Fähigkeit zuzuschreiben, dass sie alles sehen, in die Zukunft blicken können und hellsichtig sind. Zugleich war es selbstverständlich, dass man allem, was mit dem Tag des größten und wichtigsten Gestirnes zusammenhing, erhöhte Bedeutung beimaß, zumal als der Sonntag mit dem christlichen Tag des Herrn verschmolz. Schon bei den Griechen und Römern war das S. ein Glückskind. Die Römer nannten es* fortunae filius *oder* albae gallinae filius *(Kind der weißen Henne). Weiße Tiere galten seit je als Glück bringend.*

Sie nickt, sie will nur noch ausruhen.

„Zuerst das Bad für die Kleinen, ihre Wäsche liegt schon im Schrank, fertig für diesen Tag." Matt fällt sie zurück in ihr Kissen.

26. Kapitel

Bastian

Martha und die Kleinen schlafen. Der Hof liegt ruhig. Warum nur konnte Martha mich nicht ins Vertrauen ziehen, gehen Bastian immer wieder die Gedanken durch den Kopf, während er am Zaun steht und auf die nächtliche Weide schaut. *Sonntagskinder, meine Kinder. Es wird für sie gesorgt werden. Martha ist stark, Frau von Eden wird ihr helfen. Ich bin für immer geschändet. Doppelt. Ich bin ein Mörder und ein Betrogener.*

Nur zu gut kennt er das Mal auf der Wange seines Sohnes, das auch das des Herrn ist. *Selbst meine Martha hat er nicht ausgelassen. Ich kann nicht damit leben, wie er sie und mich gedemütigt hat. Für immer werde ich das Mal sehen, wenn der Kleine heranwächst. Ich halte das nicht aus. Mein Leben ist nichts mehr wert. Ich bin zum Mörder geworden, ich bin nicht besser als der Herr. Lieber so, als wenn ich ins Gefängnis muss. Und am Ende umgebracht werde von dem Scharfrichter.*

Meine ganze Familie hat der Eden für immer zerstört. Meinen Bruder Roland hat er auf dem Gewissen. Meine Schwägerin Lotte. Wir werden uns gegenüberstehen, wo auch immer das sein wird. Oh, Gott, warum hast Du das alles zugelassen? Was ha-

ben wir getan, dass unsere Familie so ein Schicksal erleiden muss? Welche Schuld haben wir begangen, dass nun auch ich zum Schuldigen geworden bin? Es heißt, dass Deine Wege unergründlich sind, oh Herr.

So sei es denn. Er bereut nichts, er fühlt sich bestärkt in seinem Entschluss. In der Hand trägt er das starke Seil, das er zum Führen der Tiere benutzt. Entschlossen betritt er die Scheune. Die Leiter zum Heuboden wartet auf ihn. Er steigt hoch, bindet erst das Seil an den starken Balken über ihm, dann legt er es sich um den Hals, knüpft es fest, spricht ein Gebet und lässt sich vom Heuboden fallen.

27. Kapitel

Maria und Martha

Bartholomäus hatte gestern Frau von Eden auf den Buchenhof gebracht und dann den Medicus geholt. Das war ein Sonntag! Alles war gut, Martha und die Kinder gesund. Frau von Eden hatte Martha versprochen, ihr beizustehen und zu helfen, was immer nötig war. Es war ein Freudentag.

Heute Morgen nun hat Bodo sie aufgesucht und ihr die andere, die schreckliche Nachricht mitgeteilt. Wieder wurde der Medicus gerufen und mit ihm der Richter. Aber erst fährt Barthel sie zum Buchenhof.

Auf dem Weg dorthin hat sie ihren Entschluss gefasst. Sie, die immer schwach und unfähig war, selbst etwas zu bestimmen und sich zu verteidigen, wird Martha zu sich holen, sie kann sie jetzt nicht allein lassen mit dieser schweren Last. Sie hat genug Platz in ihrem Haus. Erstmal sollen die Kinder wachsen. Ihr sind ungeahnte Kräfte gewachsen. Sie ist jetzt entschlossen, dem Schicksal zu trotzen, sie wird sich nicht unterkriegen lassen. Hannah, Anna, der Medicus und sie werden gemeinsam die Dinge richten. Die Kinder werden bei ihr aufwachsen, Martha wird ihr dienen können, so wird allen geholfen werden. Wenn nur dieser schreckliche Krieg bald enden könnte.

Die Tür zum Buchenhof steht offen. Maria von Eden tritt ein und findet den Weg zu Marthas Zimmer.

Sie bleibt am Bett stehen, Martha starrt vor sich hin, sie hält die Kinder im Arm. Als sie Maria bemerkt, wendet sie den Kopf und beginnt zu weinen. Maria von Eden blickt auf die wunderschönen starken kleinen Jungen, einer mit dem Mal auf der Wange, das sie nur zu gut kennt. Auch ihr kommen die Tränen, sie streichelt Marthas Hände und ihr Gesicht, versucht zu trösten und beginnt leise zu sprechen und Martha ihre Pläne vorzuschlagen.

Martha stimmt apathisch allem zu, was Frau von Eden ihr sagt. Alle helfen, die wichtigsten Sachen zusammenzupacken. Bodo versichert Martha, dass er nach den Tieren schauen und sich zusammen mit Dolf um alles kümmern wird, so lange, wie nötig.

Sie helfen Martha zur Kutsche, nach einer Weile ist alles verstaut, die Säuglinge liegen sicher und behütet in Marias und Marthas Armen

Bartholomäus lenkt die Kutsche vom Hof, alle fahren einem neuen, anderen Leben entgegen.

28. Kapitel

Hochzeit im Kloster

Amina beobachtet wie Bruder Anselm die schweren Bücher sichtet. *Ich muss jetzt mit ihm sprechen und ihn fragen, ob er uns helfen kann. Bitte Gott, gib mir die rechten Worte, wenn ich ihn frage. Nur er kann uns helfen. Ein Abt im Kloster kann ausführen, was sonst ein Priester kann. Und es gibt keinen Priester hier.* Sie wartet bis er aufblickt, nimmt all ihren Mut zusammen, fasst sich dann ein Herz und spricht ihn an.

„Bruder Anselm, ich möchte Euch um etwas bitten. Ihr seid so gut zu mir gewesen, habt mich aufgenommen und beschützt. Ich würde so gern noch bei Euch bleiben, aber ich muss Euch etwas berichten und fragen."
„Nur zu, Amina, frage, ich höre dir zu!" antwortet Bruder Anselm und schaut sie aufmerksam an.

So erzählt Amina ihm von Marco, von seinem Heiratsantrag und ihren Plänen, nach Amsterdam zu gehen und diese Gegend zu verlassen. Auch von David berichtet sie und wie er ihr und Marco hilft, in Kontakt zu bleiben.

„Und weil doch kein Abt und kein Pfarrer hier sind, dachten wir, Ihr als Vertreter des Abtes könntet die Trauung für uns vornehmen, so dass wir ein gesegnetes Paar sind und vor dem Gesetz zusammengehören. Das wird unsere Reise leichter machen".

Bruder Anselm wiegt den Kopf. „Die Ehe kommt durch den Konsens zustande, der deshalb unerlässlich und unersetzlich ist. Gott hat einen Plan für die Menschen. So steht es in der Bibel:

‚Gott ist die Liebe. Er hat die Menschen aus Liebe erschaffen und zur Liebe berufen. Als Mann und Frau erschaffen, hat er sie in der Ehe zu einer innigen Gemeinschaft des Lebens und der gegenseitigen Liebe berufen, so dass sie „nicht mehr zwei, sondern eins" sind'. (*Mt* 19, 6).

„Ich werde dann euer Zeuge sein und Euch den Segen geben, nach dem ihr verlangt. In diesen schweren Zeiten muss es Ausnahmen geben. Könnt ihr morgen kommen, ich verstehe, dass es wohl eilt und ihr keine Zeit verlieren solltet. Wir besprechen dann alles und wenn ihr einverstanden seid, gebe ich Euch meinen Segen. Frage Marco, ob er um 12.00 Uhr hier sein kann und ich werde Euch um 14.00 Uhr trauen. Außerdem, die Ehe muss vor Zeugen geschlossen werden. Ich werde Bruder Mercurius und Bruder Heribert bitten, Eure Zeugen zu sein. "

Amina steigen vor Dankbarkeit die Tränen in die Augen, sie macht mehrere Knickse.

Sie schreibt schnell eine Nachricht für David und erbittet dann die Erlaubnis, später ihre Arbeit zu unterbrechen und im Klostergarten auf David zu warten, damit der die Nachricht an Marco weitergibt. Sie kehrt zu Bruder Anselm zurück und dankt ihm nochmals. „Was hätte ich nur tun können ohne Euch hier im Kloster. Ich bin so dankbar, seid dessen gewiss!"

„Es ist alles gut so wie es ist, Amina."

***

Am nächsten Tag findet Marco sich ein, pünktlich um 12.00 Uhr wird ihm Einlass gewährt. Amina führt ihn zu Bruder Anselm. Sie hat heute die Kutte abgelegt und trägt stattdessen einen einfachen dunkelroten Rock und eine weiße Bluse. Sie hat den Stoff in einem verlassenen Schrank gefunden und sich in der Nacht bei Kerzenlicht diese schlichten Teile genäht. Sie stehen ihr sehr gut, ihr Haar ist ein wenig gewachsen und Locken kringeln sich um ihr feines Gesicht.

„Ich freue mich sehr, Euch kennenzulernen, Marco", begrüßt Bruder Anselm ihn. Er deutet auf die beiden Stühle vor seinem Schreibtisch. Etwas zurückgesetzt stehen zwei weitere Stühle.

„Bitte nehmt Platz." Prüfend schaut er den jungen Mann an in seinem sauberen gestärkten weißen Hemd und der schwarzen Kniehose. Weiße Strümpfe und glänzende Lederschuhe lassen ihn festlich aussehen. Ihm gefällt, was er sieht. Marcos Gesicht strahlt Offenheit und Freude aus. Sein schwarzes Haar, das heute auf die Schultern fällt, zeigt Pflege und Sorgfalt. *Nach allem was ich gehört habe, kann ich dieses junge Mädchen diesem Mann anvertrauen*, denkt sich Bruder Anselm.

Laut sagt er: "Ihr beide seid sehr mutige und tapfere Menschen. Ich traue Euch gern, wenn es Euch in diesem schweren Leben weiterhilft. Was plant ihr, wenn Ihr verheiratet seid?"

„Euer Ehren, wir wollen nach Flandern und weiter nach Amsterdam. Dort möchte ich bei Meister Rembrandt lernen. Er hat ein Atelier und beschäftigt viele Malergesellen, die ihm helfen, seine Gemälde zu fertigen. Ich hoffe, er wird mich aufnehmen. Ich vertraue auf Gottes Beistand. Wir wollen diese Gegend mit diesem schrecklichen Krieg verlassen und ein Leben führen, in dem wir keine Angst vor Verfolgung haben müssen. In den Niederlanden herrscht ein freier Geist. Ich hoffe, als Fremden wird es uns dort besser gehen." Marco atmet tief aus, nachdem er fertig geredet hat, *oh mein Gott, so lange habe ich nicht so viel geredet. Ich hoffe, ich kann diesen freundlichen Mönch überzeugen.* Er nimmt Aminas Hand. Sie blicken sich an mit ernsten Gesichtern, dann lächeln sie.

„So sei es dann!" antwortet Bruder Anselm. Er unterrichtet die beiden in den Sakramenten der Ehe, wie er es vorher bereits mit Amina getan hat. Er fügt noch hinzu, wie das Sakrament der Ehe gefeiert wird:

‚Da die Ehe die Gatten in einen öffentlichen Lebensstand innerhalb der Kirche stellt, geschieht die Trauung öffentlich vor dem Priester (oder dem dazu bevollmächtigten Zeugen der Kirche) und den anderen Zeugen.'

„Bruder Heribert und Bruder Mercurius werden gern Eure Zeugen sein. Sie werden rechtzeitig hier sein, wenn ich Euch trauen werde. Nun muss ich Euch noch über den Ehekonsens aufklären. Was ist der Ehekonsens?"

‚Der Ehekonsens ist der von einem Mann und einer Frau ausgedrückte Wille, sich einander endgültig hinzugeben, um in einem treuen, fruchtbaren Bund der Liebe zu leben. Die Ehe kommt durch den Konsens zustande, der deshalb unerlässlich und unersetzlich ist. Damit die Ehe gültig ist, muss der Konsens die wahre Ehe zum Gegenstand haben und ein bewusster und freier menschlicher Akt sein, der nicht auf Zwang oder Gewalt beruht.'

„Zuletzt nun noch die Wirkungen des Ehesakraments, wie es geschrieben steht, lieber Marco und liebe Amina:

‚Das Sakrament der Ehe schafft zwischen den Ehegatten ein Band, das lebenslang und ausschließlich ist. Gott selbst besiegelt den Konsens der Brautleute. Darum kann die zwischen Getauften geschlossene und vollzogene Ehe nie aufgelöst werden. Außerdem verleiht dieses Sakrament den Brautleuten die notwendige Gnade zur Erlangung der Heiligkeit im Eheleben und zur verantwortungsvollen Annahme und Erziehung der Kinder.'

„Habt Ihr die Bedeutung all dieser Erklärungen aus dem Sakrament der Ehe verstanden?" fragt Anselm beide liebevoll und blickt sie an.

Sie nicken.

Es klopft. „Herein!" ruft Bruder Anselm. Herein kommen Bruder Heribert und Bruder Mercurius, sie verbeugen sich. Amina und Marco stehen auf und erwidern den Gruß.

„Nun sind wir vollständig und können beginnen, wenn ich fertig bin. Setzt Euch liebe Brüder, hier sind Stühle!" fügt Bruder Anselm hinzu und fährt fort:

„Nun noch die Frage nach Eurer Konfession. Ich denke dass Ihr beide dem christlichen Glauben angehört?"

Amina nickt. „Meine Mutter und ihre Familie gehörten einer kleinen christlichen Gemeinschaft in Tunis an. Dort wurde ich getauft. Von ihr habe ich auch dieses goldene Kreuz erhalten, " erklärt sie und zieht die Kette aus ihrem Ausschnitt.

Marco fügt hinzu: "Ich komme aus einer katholischen Familie und habe die heilige Taufe sowie die Kommunion erhalten."

Aus seiner Hosentasche zieht er ein kleines blaues Samtsäckchen hervor. Er öffnet es und holt einen goldenen Ring heraus. „Diesen Ring gab mir meine Mutter, als ich Venedig verließ, mit den Worten: 'Dieser Ring ist für dich, mein Sohn, behalte ihn als Andenken.'

„Diesen Ring sollst nun du tragen, liebe Amina, ich bin sicher, dass er passt, sonst ändern wir ihn an dem Ort, an dem wir uns niederlassen werden. Komm, gib mir deine Hand."

Amina streckt ihre Hand aus, der Ring passt perfekt auf den linken Ringfinger. Vorsichtig zieht Marco ihn wieder ab und legt ihn auf das blaue Säckchen, dann gibt er es mit den Worten „Für nachher", an Bruder Anselm weiter.

Dieser wendet sich an die Gruppe: „Meine Brüder im Glauben, Heribert und Mercurius, liebes Brautpaar Amina und Marco, wir sind heute hier zusammengekommen, um zwei Menschen vor Gott zusammenzufügen, auf dass sie eins werden..."

Bruder Anselm geht mit allen die Zeremonie durch, eine andächtige Stimmung hat sich ausgebreitet. Hell scheint die Sonne durch die Fenster. Hoffnung und Liebe breitet sich aus in der Bibliothek.

Am Ende segnet Bruder Anselm alle und spricht ein Gebet. Dann gratulieren alle dem Brautpaar. Amina und Marco bedanken sich, alle sind so gerührt und wischen ihre Tränen ab.

„Wie soll es nun weitergehen?" fragt Bruder Mercurius. Marco antwortet für beide: „Wir möchten so bald wie möglich Seligenstadt verlassen. Ich habe schon alles gepackt. Wir können morgen aufbrechen." Amina fügt hinzu: „Ich habe kaum etwas zu packen. Ich bin so dankbar, dass ich bei Euch bleiben durfte, es ist aber besser, wenn wir weiterziehen. Auch für Euch ist es besser, dass Ihr keine Schwierigkeiten meinetwegen bekommt. Bis jetzt scheint niemand etwas gemerkt zu haben, aber zu lange sollten wir es nicht herausfordern, unser Glück." Marco nickt. Sie stehen da, Marco hat seinen Arm um Amina geschlungen, ein Ehepaar, das Gott zusammengefügt hat.

29. Kapitel

Jedes Ende ist ein neuer Anfang

Die kleine Gruppe hat sich auf dem Gottesacker versammelt, nicht weit von der Straße nach Hörstein entfernt. Die Totengräber stehen etwas entfernt an der Seite. Richter Siebenhaar und der Medicus stehen rechts und links neben Martha, Anna und Maria von Eden, die sich gegenseitig stützen. Marias und Annas Gesichter sind tief verschleiert, Martha trägt ein schwarzes Kopftuch, alle warten auf Ignaz und Leupold, die für die Toten die letzte Zeremonie so feierlich begehen werden, wie nur möglich.

Die Dienerschaft steht etwas abseits. Sie bekreuzigen sich. Jeder hat seine Gedanken. Hannah denkt an Amina, *wo sie wohl sein mag. Ich hoffe so sehr für sie, dass sie mit Marco zusammen ist und beide zur Ruhe kommen können. Gott steh' uns bei in dieser Zeit. Nimm alles Unglück fort von uns, dass wir weiterleben können. Segne alle unglücklichen Seelen, die dieses Leben nicht mehr ertragen konnten.*

Ignaz spricht das Gebet:

Aus der Tiefe rufe ich, Herr, zu dir:
Herr, höre meine Stimme! Wende dein Ohr mir zu, / achte auf mein lautes Flehen!

Würdest du, Herr, unsere Sünden beachten, / Herr, wer könnte bestehen?
Doch bei dir ist Vergebung, / damit man in Ehrfurcht dir dient.
Ich hoffe auf den Herrn, es hofft meine Seele, / ich warte voll Vertrauen auf sein Wort.
Meine Seele wartet auf den Herrn / mehr als die Wächter auf den Morgen.
Mehr als die Wächter auf den Morgen /
soll Israel harren auf den Herrn.
Denn beim Herrn ist die Huld, / bei ihm ist Erlösung in Fülle.
Ja, er wird Israel erlösen / von all seinen Sünden. Amen..[7]

Alle verweilen im stillen Gebet. Die Totengräber füllen die Gruben mit der ausgehobenen Erde. Etwas entfernt hat sich eine Menschenmenge aus Hörstein versammelt, die Menschen schauen stumm zu. Obwohl es erst Ende August ist, lässt die kalte Luft sie frösteln. Die Atmosphäre ist ruhig, es ist bewölkt, doch ab und zu findet ein Sonnenstrahl den Weg durch die Wolken.

***

---

[7] Das Totengebet der römisch-katholischen Kirche soll den Verstorbenen Gott anempfehlen.

Das Totengebet geht auf das Urchristentum zurück. Traditionell betet man Bußpsalmen, deren wichtigster und bekanntester der Psalm 130, das De profundis.

Frühmorgens in Seligenstadt reibt sich der Fährmann am Mainufer die Augen. Noch ist es dämmerig, er bereitet sich auf seinen Tag vor. *Hoffentlich kommen heute Kunden, ich brauche so dringend ein paar Batzen. Gott wird es richten.* Er bekreuzigt sich.

Zwei Menschen gehen am Mainufer entlang, die ihm bekannt vorkommen. Es scheinen zwei junge Männer zu sein. Der eine mit dem dunklen Zopf im Nacken trägt ein großes Bündel auf seinem Rücken. Der andere hat längere Haare, als ihm in Erinnerung ist. Sie gehen Hand in Hand

Sie gehen im Gleichschritt, nicht langsam, aber auch nicht schnell. Sie drehen sich um, sehen ihn und winken ihm zu. Er hebt die Hand zum Gruß. Ein roter Streifen am Himmel taucht Seligenstadts Silhouette mit den beiden hochragenden Türmen der Basilika in warmes Licht, spiegelt sich im ruhig fließenden Main und begleitet die beiden Wanderer.

Ende

Nachwort zu den Ereignissen

Die Charaktere in meiner Geschichte sind fiktiv bis auf einige, wie König Gustav Adolf von Schweden, seine Soldaten, seine Frau Leonore und Pastor Seubert. Es stimmt, dass nur wenige Mönche und Novizen in der Benediktiner Abtei in Seligenstadt lebten. Über die Stätten, die geschichtlichen Ereignisse und deren Hintergrund in Seligenstadt wurde in der Literatur wie hier berichtet,

Dank

Keine Geschichte ohne Dank. Viele haben mich begleitet auf meinem Weg des Schreibens dieser Geschichte. Lange hatte ich Bruchteile bereits in meinem Kopf. Die Zeit des Dreißigjährigen Krieges begann mich zu bewegen seit unserem Geschichtsunterricht in der Schule. Später entdeckte ich dann meine Vorliebe für die Lyrik des Barock.

Von Herrn Dieter Burkard, Archivar der Stadt Seligenstadt, erhielt ich Unterlagen aus dem Stadtarchiv. Er ist inzwischen verstorben. Ich beschäftigte mich mit dem „Sippenbuch der Stadt und Zent Seligenstadt" von Dr. Ludwig Seibert. Kopien des „Navarchia Selgenstadiana von R. J. Joanne Weinckens, übertragen von Pfarrer i.R. S. Werner, sowie „Die Verfassung der Stadt Seligenstadt im Mittelalter" von Ludwig Seibert, seine Doktorarbeit aus dem Jahr 1910

.

Die Idee, eine Geschichte, die in der Stadt Seligenstadt spielt, zu schreiben, hatten meine Schreibfreundin Andrea Strittmatter und ich. Wir beide wollten sie zusammen schreiben. Andreas Leben nahm eine neue Wendung, ich allein schrieb die Geschichte.

Meine Freundinnen Irene Kohl und Petra Luft-Kaya lasen das unfertige Manuskript zuerst. Des Weiteren erhielt ich Tipps und hilfreiche Kommentare von Kristine Betschka-Schulz, Petra Edosah und Sylvia Winter: Meine liebe langjährige Freundin Sylvia starb unerwartet am 17. Dezember 2010.

Ich widme diese Geschichte meinen beiden Töchtern, Adebukola und Maya. Ich liebe sie sehr.

Meinem Mann Nkwachukwu danke ich für alles, was er tut und für die Gestaltung des neuen Titelbildes.

Diese Neubearbeitung von „Aminas Welt" war mir ein großes Anliegen, sie enthält Passagen, die erst in den Jahren nach der Erstveröffentlichung reiften.

Im November 2016

Literaturverzeichnis

Diwald, Helmuth, Wallenstein, Frankfurt am Main; Berlin 1987
Grimmelshausen, Hans Jacob Christoffel von, Der abenteuerliche Simplicissimus, Hamburg 2007
Niese, Charlotte, Das Lagerkind, Mainz, 1914
Schopp, Joseph, Seligenstadt im „Evangelischen" und „Dreißigjährigen" Krieg, Seligenstadt 1988
Schopp, Manfred, Was ein Seligenstädter Mönch im Dreißigjährigen Krieg erlebte, Seligenstadt 2001

http://www.suehnekreuz.de/RB/aufsaetze01.html 11.09.2008

http://www.maler.kempf.de/wbk.M2.html vom 11.09.2008

http://www.zigeuner.de/sinti_und_roma_seit_600jahren.htm

vom 20.04.2008

In der süddeutschen Region galt 8 Heller = 4 Pfennig = 1 Kreuzer; und 4 Kreuzer = 1 Batzen.